Das Medaillon der Engel
Band 1

Der Anfang vom Ende

AF220708

Über den Autor:

S.A. However wurde in Mettmann geboren und hat auf dem Immanuel-Kant-Gymnasium in Heiligenhaus ihr Abitur abgeschlossen. Jetzt studiert However Literaturwissenschaft in Siegen.
Das Medaillon der Engel ist Howevers erster Roman und ein jahrelang erarbeitetes Herzensprojekt.

Das Medaillon der Engel Band 1

Der Anfang vom Ende

S.A. However

Bibliografische Informationen der Deutschen Nationalbibliothek: Die Deutsche Nationalbibliothek verzeichnet diese Publikation in der Deutschen Nationalbibliografie; detaillierte bibliografische Daten sind im Internet über dnb.dnb.de abrufbar.

Herstellung und Verlag:
BoD – Books on Demand, Norderstedt

ISBN: 9783752607864

Gewidmet an Annika und Hannah.
Ohne euch hätte diese Geschichte keinen
Anfang gehabt
Und kein Ende gefunden.

Oh my darling, oh my darling.
Oh my darling, Clementine.
You are lost and gone forever,
dreadful sorrow, Clementine.
- Traditional American Western Folk Ballad.

<u>Prolog</u>
<u>Ein Vorwort des Erzählers:</u>

Jede Geschichte hat einen Anfang. Diese Geschichte jedoch, sie hat viele Anfänge.
Aber sie hat nur ein Ende.
Endgültig.
Das mag paradox klingen, eine unausgesprochene Ironie mag dahinterstecken. Aber manche Geschichten sind so. Paradox und voller Ironie.
Ich kann Ihnen kaum erklären, was mich schließlich dazu geritten hat, diese Geschichte in ihrer Gänze niederzuschreiben, noch bin ich in der Lage, Ihnen zu sagen, wie es dazu kommen konnte, dass diese Dinge überhaupt geschehen sind. Diese Geschichte lässt viele Fragen offen und scheint nach einer Erläuterung zu verlangen. Die Wahrheit ist, dass nicht einmal ich das Geschehene auch nur im Ansatz verstehe.
Selbst nach all den Jahren, allen Büchern, die ich gelesen und all den Orten, die ich besucht habe, die entscheidenden Fragen bleiben unbeantwortet.

Eines glaube ich jedoch, lehrt uns das Folgende ganz eindeutig. Ihnen, weil Sie diese Geschichte lesen und mir, weil es, nun ja, mein Leben ist.

Mein Leben war, vor langer Zeit.

Die Vergangenheit, meine Vergangenheit, lehrt uns, dass wir allesamt unwissend sind. Die Komplexität des Lebens umfängt uns, erschüttert uns und zerreißt uns.

Oder glauben Sie etwa, dass Sie wissen was Gut und was Böse ist?

Denken Sie, Sie könnten richtiges von falschem Handeln unterscheiden und, dass Sie in der Lage sind, die Schuldigen und die Unschuldigen auseinander zu halten?

Ich verrate Ihnen etwas: Es gibt kein Schwarz, kein Weiß.

Dies ist die eine unumstößliche Erkenntnis, die mein Leben mir geschenkt hat und die mein Lebenswerk Ihnen schenken sollte.

Sie können mir widersprechen, wenn Sie möchten. Nur zu.

Lesen Sie in Ruhe, bilden Sie sich ein eigenes Urteil, beweisen Sie mir, dass ich mich irre.

Ich bitte Sie sogar darum. Ich bitte Sie, zu urteilen.

Denn egal wie oft ich es versuche, ich kann es nicht. Ich bleibe dabei. Niemand kann Schwarz von Weiß unterscheiden, in einer Welt, in der es nur Grautöne gibt.

Kapitel 1

„Chris!"

Louise hob ihre Hand und winkte dem blonden Jungen auf der anderen Straßenseite zu, in dem Versuch seine Aufmerksamkeit zu erlangen.

Es war ein milder Sommertag, 1993, etwa 23 Jahre nachdem die Seuche ihr umstrittenes Ende gefunden hatte und Lou, eine junge Magierin stand neben einer Ampel in London.

Chris wandte sich um, erblickte sie und überquerte die Straße mit ein paar schnellen Schritten.

„Lou, von dir hat man länger nichts mehr gehört.", begrüßte er sie, nicht ohne ihr einen schnellen Kuss auf die Wange zu geben.

Es stimmte, Louise war erst seit wenigen Tagen zurück in England.

Die letzten Monate hatte sie in den Sümpfen von Südamerika zugebracht, um dort nach einem geheimen Staatsgefängnis zu suchen, von dem Johnathan ihr erzählt hatte. Nur um festzustellen, dass es weder ein Gefängnis in diesen Sümpfen gab, noch etwas anderes, was auch nur im Ansatz mit Magie zu tun hatte.

Während sie Chris von ihren höchst frustrierenden Erfahrungen erzählte, liefen die beiden Freunde nebeneinander die Straße hinab bis sie in eines der hübscheren Wohnviertel gelangten.

Es war mittlerweile einige Jahre her, dass in diesen Häusern die Unbegabten, also Menschen, die keine magischen Fähigkeiten besaßen, gelebt hatten. Wenn die große Seuche sie nicht niedergestreckt hatte, waren es die Magier gewesen, die vor etlichen Jahren aus dem Untergrund aufgestiegen waren und in einigen großen Kriegen auf der ganzen Welt Unbegabte gejagt und abgeschlachtet hatten.

Weder Lou noch Chris hatten diese Ereignisse miterlebt, sie waren in die letzten Atemzüge des Krieges hineingeboren worden und konnten sich an keine Welt erinnern, die nicht von Magiern regiert wurde.

Noch immer gab auf dem Planeten verteilt kleine Unbegabten-Völker, doch diese wurden nach und nach gefunden und vernichtet. Diese Erde gehörte nun den Magiern.

„Wenn du mich fragst, verliert John so langsam seinen Verstand.“, kommentierte Chris das Gehörte und es fiel Louise schwer, ihm zu widersprechen.

Sie respektierte Johnathan und würde seine Befehle niemals öffentlich infrage stellen, doch in letzter Zeit schien er immer häufiger falsch zu liegen oder sich von gemurmelten Gerüchten beeinflussen zu lassen.

Er wirkte zu oft abgelenkt oder unkonzentriert, Zustände, die Lou zunehmend Sorge bereiteten.

„Er wird seine Gründe haben.“, entgegnete sie dennoch.

Sie öffnete die Tür zu ihrem Apartment und setzte sich mit Chris auf die weiße Ledercouch im Wohnzimmer.

Durch die große Fensterfront zu ihrer rechten strahlte die Nachmittagssonne und tauchte den Raum in ein helles oranges Licht.

„Du vertraust ihm zu sehr.“

4

Da mochte Chris recht haben, Louise vertraute Johnathan bedingungslos. Bisher hatte es ihr allerdings nur selten einen Nachteil eingebracht.

„Vielleicht gibt es doch ein magisches Gefängnis da unten und sie verstecken es nur sehr gut.", lachte Lou und Chris stieg mit ein.

Die kleine Gruppe, in der sie arbeiteten, erlaubte sich keine Fehler. Jahrelang waren sie trainiert worden, sie gehörten zu den mächtigsten Magiern des Landes. Johnathan war ihr Lehrer, ihr Mentor, ihr Vorgesetzter.

Sie waren alle ein Produkt, seines Talentes. Ihre eigenen Fähigkeiten anzuzweifeln, würde bedeuten, Johns Fähigkeiten anzuzweifeln. Die Vorstellung also, dass Louise ein existierendes magisches Gefängnis einfach nicht gefunden hatte, war bizarr und gefährlich.

Wenn sie es nicht fand, gab es auch keines. So einfach war das.

„Sag mal.", setzte Chris an und nickte in Richtung des Klaviers, welches kunstvoll auf einem Podest in der Ecke des Zimmers stand und im Licht elegant glänzte, „Spielst du noch?"

Statt eine Antwort zu geben, stand Lou auf und band im Gehen ihre schwarzen Locken in einem Zopf zusammen. Sie ließ sich auf den Klavierhocker fallen und für einen Moment schwebten ihre Finger über den Tasten.

Dann spielte sie.

Die Melodie erfüllte die Luft mit ihren süßen Klängen und verwandelte die Atmosphäre des Raumes spielend leicht, in einen Moment unfassbarer Schönheit. Leider hielt dieser nicht so lange an, wie Louise es sich gewünscht hätte.

Das Telefon klingelte. Louise unterbrach ihr Spiel und lief hinüber zum Wandtelefon. Es war ein Glück, dass es da draußen Magier gab, die sich darin spezialisiert hatten die technischen Spielereien der Unbegabten weiterzuführen und weiterhin zu entwickeln, denn es war außer Frage, dass einige dieser Erfindungen ihr Leben sehr viel einfacher gestalteten.

Die meisten Magier fühlten sich so sicher, so gut, alleine wegen der Tatsache, dass sie Magie in sich trugen. Wer musste da die Magie schon wirklich verwenden können, wenn man sich den Alltag auch leicht gestalten konnte? Hochmut machte die Magier faul, was im Grunde schade war.

Magie lebte davon, genutzt zu werden. Ohne Übung wurde sie schwach und kraftlos. Aber so waren Menschen eben, selbstgefällig und träge.

Lou nahm den Hörer ab und wurde unterbrochen, bevor sie auch nur ein 'Hallo' herausbekam.

„Louise, mein Vater verlangt nach dir."

Es war Doreas Stimme, die an Lous Ohr drang. Louise seufzte und legte auf ohne etwas zu sagen.

„Samuel?", hörte sie Chris fragen und nickte.

Seit sie zurückgekehrt war, hatte Lou es vermieden Samuel zu treffen, aber sie konnte es wohl nicht länger vor sich hinschieben.

„Na dann beeilen Sie sich besser, meine Dame. Wir wollen doch nicht, dass Sie beim sehr geehrten Herrn Samuel in Ungnade fallen."

Louise verdrehte die Augen. Chris lachte.
Er hatte sich breit über ihr Sofa gelegt und Lou
ahnte, dass er sich dort für ein Nickerchen einrichten
würde, sobald sie gegangen war.

„Mach nur nichts kaputt, solange ich weg bin.",
knurrte Louise missgelaunt und schlug auf ihrem
Weg nach draußen die Haustür etwas fester zu, als
notwendig.

Der Wind war erstaunlich frisch für die Jahreszeit
und Samuels Anwesen befand sich beinahe am
anderen Ende des Ortes. Die Straßen waren ähnlich
leer, wie zuvor und je näher sie dem Stadtrand kam,
desto leiser wurden die Geräusche um sie herum, fast
so als würde die dunkle Aura dem Alltag mit Absicht
jeglichen Wert stehlen wollen.

Die Häuser in dieser Gegend waren zu einem
Großteil verlassen, die Natur holte sich Stück für
Stück zurück, was ihr einst gehört hatte, sodass viele
Gebäude mit Moos und Efeu bewachsen waren. Die
Straßen waren von alten Pfandflaschen und Tüten
bedeckt. Hier hatte sich niemand die Mühe gemacht,
die letzten Spuren der Seuche und des
darauffolgenden Elends zu verdecken.

Lous Schritte hallten von den einsamen Wänden
wieder, doch langsam schien sie den unbelebten Teil
der Stadt überwunden zu haben, denn sie konnte aus
der Ferne den bekannten, stetig lauter werdenden,
belebten Lärm hören. Musik und Stimmengewirr
drangen an ihr Ohr, als Louise das
Ortseingangsschild passierte, aufgestellt zur
Warnung an unwissende Mitbürger.

Willkommen in der Höhle des Löwen.

Sie musste lächeln, als sie sich an den Tag erinnerte, an dem sie und Daphne diesen Satz mit schwarzer Farbe an das vergilbte Straßenschild gesprüht hatten.

Es wunderte sie, dass es bisher niemand abgenommen hatte.

Andererseits musste jeder, der diese Stelle passierte, den Beiden vermutlich im Stillen Recht geben. Vielleicht stand es aus diesem Grund noch dort.

Mit einmal kam es Louise vor, als wäre sie durch einen Schleier in eine andere Welt getreten.

Samuels Welt.

Von allen Häusern blinkten bunte Lichter, es war Laut und Menschenmassen tummelten sich auf den Straßen, jeder bunter angezogen und aufwendig geschminkter, als der andere. Sowohl das Lachen, als auch das grauenerregende Schreien von Leuten, prasselte im selben Maße auf Lou ein, während sie sich zielstrebig einen Weg bahnte. Dieses Viertel kannte kein Gesetz, keine Regeln. So etwas, wie 'außer Kontrolle raten' gab es hier nicht. Hier kamen Leute her, wenn sie genug hatten, vom engen Gürtel der Moral und Normen. Wenn sie sich nichts sehnlicher erträumten, als im puren Chaos, sich selbst zu verlieren.

Lou ließ die zahlreichen Clubs links liegen und erreichte schließlich ihr Ziel: Samuels Anwesen.

Das Haus, wenn man es denn überhaupt so nennen wollte, war an Protzigkeit nicht zu übertreffen.

Es war ein ehemaliges Herrenhaus, die Tür und Fensterrahmen waren mit Gold überzogen worden, künstlerische Verzierungen säumten die Außenwände, der Garten war aufwendig gepflegt. Mit goldenem Brunnen und Engelsstatuen glich er eher einem Museum, als einer Parkanlage.

Lou blieb an dem goldenen Tor stehen und streckte ihre Hand aus. Ein schwarzer Nebelschleier erschien, wirbelte umher und verschwand wieder, Lou öffnete das Gitter und trat hinein.

Die Sicherheitserkennung ließ jeden durch, sie war nicht dazu gedacht Besucher draußen zu lassen, zumindest im Moment nicht.

Sie sollte Besucher registrieren, damit Samuel zu jedem Zeitpunkt wusste, wer sich wann in seinem Zuhause aufhielt.

Der Weg zum Eingang war schier endlos und als Lou die letzte der vielen Treppenstufen erreicht hatte, legte sie ihre Handfläche auf die Stelle der Türe, wo sich eigentlich die Klinke hätte befinden müssen, doch stattdessen gingen beide Hälften der Tür nahtlos ineinander über.

Erst als Louises Haut das Gold berührte, glitten sie auseinander und gaben den Zutritt frei.

Wieder keine Absperrung, nur eine Registrierung.

Auch im Inneren bewegten sich Menschen, laute Musik wurde gespielt und alles um sie herum blinkte und blitzte in den unterschiedlichsten Farben.

Entschlossen ging Lou die Treppen hinauf, durchschritt den Saal am Ende des Flures und schob den schweren Samtvorhang beiseite.

In diesem Teil der Unterkunft war es ruhiger, der Lärm der Menge gedämpft.

Der lange Gang, den Louise nun entlang schritt, war rechts und links mit teuer aussehenden Gemälden dekoriert worden. Am Ende des Korridors befand sich eine Glastür, die Lou zügig hinter sich ließ. Der Raum der dahinter folgte, sah aus, wie der etwas zu aufwendig gestaltete Eingangsbereich eines Zahnarztes. Hinter der beleuchteten Holztheke stand eine junge Frau mit bleicher Hautfarbe, deren schwarze Locken sie mit pinken Haarspangen hinterm Ohr befestigt hatte.

Sie war offenbar gestresst und bemerkte Lou erst, als diese direkt vor ihr stand.

„Ach Louise, wie schön, dass du es so schnell geschafft hast."

Dorea lächelte gezwungen freundlich.

Dorea Adamson war die Tochter von Samuel Adamson, doch hatte zum Glück kaum etwas vom Charakter ihres Vaters geerbt. Sie war grundlegend ehrlich, fröhlich und stets fleißig und engagiert.

Offiziell war sie Samuels Sekretärin und Empfangsdame, doch wofür sie wirklich verantwortlich war hatte Louise nie komplett verstanden.

„Ist alles in Ordnung?", hakte Lou nach und Doreas Gesicht wurde ein wenig blass.

„Vater hat keine gute Laune, Heute.", erklärte sie.

Sie tat Louise leid, niemand sonst in England musste Samuel und seine Launen so häufig ertragen wie Dorea und trotzdem schaffte sie es immer jedem den sie traf, ein Lächeln zu schenken.

„Ich geh dann mal besser rein."

Dorea zwinkerte ihr aufmunternd zu und Lou atmete einmal tief durch, drehte sich um, schob einen weiteren Vorhang zur Seite und begab sich mit langsamen Schritten an den grausamsten Ort der Welt.

Samuels Büro.

Samuel saß aufrecht an seinem Schreibtisch, die Hände gefaltet vor sich liegend.

Jedes Detail an diesem Mann war furchterregend und selbst nach all den Jahren, in denen Louise ihn bereits kannte, jagte der bloße Anblick ihr jedes Mal aufs Neue einen kalten Schauer über den Rücken.

Sein langes graues Haar und sein Schnurrbart waren kaum zu erkennen, zwischen all dem Haarschmuck und den glitzernden Edelsteinen. Seine Kontaktlinsen waren jeden Tag von einer anderen Farbe, heute waren sie giftgrün passend zu den Lederhandschuhen, die er trug. Sein von tiefen Falten gezeichnetes Gesicht war bemalt in grellen Gelb- und Rottönen.

Lou trat zwei Schritte vor und kniete sich nieder, so wie es sich gehörte, in der Anwesenheit eines Königs.

Sie hörte wie Samuel aufstand, um den großen Tisch herumging, der etwa ein Drittel des Zimmers einnahm und etwa einen Meter von Lou entfernt stehen blieb.

„Steh auf, mein Engel."

Seine Worte waren getränkt in einer ekelhaften Süße und als sie stand, war er so nah, dass sie sein schweres Parfüm riechen konnte. Ihr wurde schlecht.

Louise zwang sich geradewegs in Samuels kalte Augen zu sehen, so wie es der Respekt verlangte.

„Warum nur, Engel? Warum nur tust ausgerechnet du mir so etwas an?", säuselte er leise in ihre Richtung und streichelte mit seiner behandschuhten Hand ihr Kinn.

Wie fast jedes Mal, wenn Samuel sprach, wusste Lou nicht im Geringsten wovon er redete und da sie nicht wusste, was sie auf seine Frage erwidern sollte, schwieg sie und neigte ihren Kopf Richtung Boden.

Sie riskierte ihn mit dieser Geste zu verärgern, aber Louise konnte das Gefühl ihn anzusehen einfach nicht länger ertragen.

Glücklicherweise nahm er wieder etwas Abstand zu ihr und ging zurück auf seinen Stuhl, hinter dem Tisch.

Lou blieb stehen. Der Kronleuchter an der Decke flackerte.

„Weißt du, warum ich dich hergebeten habe?"

„Ich fürchte nicht, mein Lord."

Es nahm ihre ganze Willenskraft in Anspruch, das Zittern in ihrer Stimme zu unterdrücken.

Samuel bestrafte Unsicherheit. Seiner Meinung nach, waren nur Feiglinge und Verräter von Zweifeln und Angst geplagt.

„Mon Dieu! Was für ein tragisches Schicksal.", rief er aus und Louise hob ihren Blick.

Samuel hatte seinen rechten Zeigefinger hoch in die Luft gestreckt und seinen Fokus darauf gerichtet, während er sprach.

„Zwei alte Freunde, getrennt von der schrecklichen Gier nach Leid, in einem immer gleichen Spiel."

Louise ging ein Licht auf. Es gab nur eine Person, die Samuel jemals als alten Freund bezeichnen würde.

„Es geht um Johnathan, nicht wahr mein Lord?", fragte sie, die Antwort bereits kennend.

„Oh, tut es das nicht ständig, mein Engel?"

Samuel senkte seine Hand.

„Haben Sie beide sich gestritten, mein Lord?"

„So muss man es wohl ausdrücken."

Lou schluckte. Das war eindeutig nicht gut.

Ein Streit zwischen Samuel und John? Das konnte in einem nationalen Krieg enden, wenn es zum schlimmsten kam.

Johnathan hatte Samuel nie sonderlich gemocht, doch war John zu schlau, um es sich mit diesem Mann zu verderben. Solange man klug blieb und die richtigen Dinge sagte, konnte Samuel einem in diesem Land zu sehr viel Macht verhelfen.

Wenn Johnathan allerdings in Samuels Anwesenheit seine Geduld verloren hatte, würde das fatale Konsequenzen mit sich bringen.

Louise musste herausfinden, was passiert war.

„Darf ich fragen, worum es in diesem Streit ging, mein Lord?", versuchte sie es, mit einem leichten Knicks um ihre Höflichkeit trotz dieser forschen Frage zu unterstreichen.

Zunächst reagierte Samuel nicht auf sie und starrte weiter seine Hände an.

Dann fing er aus heiterem Himmel lautstark zu lachen an, so laut, dass Lou überrascht zusammenzuckte.

Als er sich wieder beruhigt hatte, wartete sie angespannt auf eine Antwort, die sie, natürlich, nicht bekam. Stattdessen kehrte wieder Stille ein.

Ein paar Minuten verstrichen, ohne, dass ein Wort gesagt wurde.

Gerade, als Louise wieder etwas sagen wollte, stand Samuel auf und schlenderte hinüber zum Bücherregal. Lou war so abgelenkt gewesen, dass sie jetzt erst bemerkte, dass Samuel einen komplett hellgelben Anzug trug.

Er zog ein dickes, in blaues Leder gebundenes Buch heraus. Louise erkannte es sofort.

Auf dem Buchdeckel stand kein Titel geschrieben, stattdessen war ein Mädchen darauf zu sehen, welches auf einer Lichtung stand. Um sie herum standen dichte Nadelbäume und sie streichelte einen großen grauen Wolf mit der einen und ein kleines Lamm mit der anderen Hand. Es war ein Märchenband, aus dem Samuel ihr oft vorgelesen hatte, als sie noch kleiner gewesen war.

Samuel setzte sich auf die Tischkante und schlug das Buch auf.

Er räusperte sich, dann begann er zu lesen: „Der Fuchs und der Wolf am Brunnen."

Lou kannte die Geschichte, wie eben alle anderen, die in jenem Buch standen. Sie war von Jean de La Fontaine geschrieben worden, wenn sie sich nicht ganz irrte, und musste etwa um 1690 entstanden sein.

Der Sinn, warum man ihr jetzt eine Fabel vorlas, erschloss sich ihr nicht, doch sie fragte nicht danach.

Sie lauschte der Geschichte in ihrer vollen Gänze.

„Es war eine klare Vollmondnacht. Ein Fuchs strolchte durchs Dorf und kam zu einem Ziehbrunnen. Als er hinunterblickte, traute er seinen Augen nicht; da lag ein großer, runder goldgelber Käse. Er kniff die Augen zu und öffnete sie wieder. Nein, es war kein Traum.

Der Fuchs besann sich nicht lange, sprang in den Eimer, der über dem Brunnenrand schwebte, und abwärts ging die Fahrt. Ein zweiter Eimer schaukelte aus der Tiefe empor, an ihm vorbei.

Unten angekommen, wollte der hungrige Fuchs sich sofort auf den fetten Käse stürzen. Aber was war denn das? Seine Nase stieß in eiskaltes Wasser, der Käse verformte sich und verschwand.

Verblüfft starrte der Fuchs ins Dunkel, und langsam kehrte der Käse unversehrt zurück. Jetzt begriff er seinen Irrtum. Wie konnte er nur so schwachköpfig handeln! Nun saß er in der Patsche.

Er schaute zum Brunnen hinauf. Niemand war da, der ihn aus dem Schlamassel befreien konnte. Nur der Vollmond lächelte ihm hell und freundlich zu.

Viele Stunden saß der Fuchs in dem kühlen, feuchten Eimer gefangen und schlotterte vor Kälte und Hunger. Da kam ein Wolf an dem Brunnen vorbei. Der Fuchs dachte: „Warum sollte dieser Nimmersatt klüger sein als ich?“ Und mit fröhlicher Stimme rief er ihm zu: „Schau, mein Freund, welch herrlichen Käseschmaus ich gefunden habe. Wenn du mein Versteck nicht verrätst, so darfst du zu mir herunterkommen und dir auch ein gutes Stück von meinem Käse abbrechen. Den Eimer dort oben habe ich für dich bereitgehalten, mit ihm kannst du zu mir herunterfahren."

Der Wolf, der nie über Mangel an Hunger klagen konnte, leckte sich die Lippen, und seine Augen traten hervor; der Käse, den der Fuchs entdeckt hatte, sah wirklich appetitlich aus. Ohne zu überlegen, kletterte er in den Eimer, und da er viel schwerer als der Fuchs war, sauste er hinab in die Tiefe und zog den Eimer mit dem Fuchs hinauf.

Der Fuchs rettete sich sofort auf sicheren Boden und lachte sich eins ins Fäustchen. „Wohl bekomm's!", rief er spöttisch und eilte davon."

Samuel hielt inne, bevor er das Buch wieder zuklappte, nicht die geringste Andeutung machend, sich zu erklären.

Nach einem schmerzhaft langen Schweigen sagte er: „Du kannst jetzt gehen."

Louise verbeugte sich und verließ den Raum so schnell sie konnte. Sie würde nicht eine Sekunde länger mit Samuel verbringen, als sie musste.

Sie wollte zu Johnathan, sofort. Sie hatte keine Zeit, über Fabeln nachzudenken, nicht, wenn England möglicherweise an der Schwelle zu einer Katastrophe stand.

Lou war mehr als nur leicht beunruhigt.

Sie nickte Dorea flüchtig zum Abschied zu und eilte durch die schier endlosen Gänge des Palastes, hinaus in den Garten, durch das Tor und lief hastig durch das Viertel.

Die Menge feierte um sie herum, wie zu jeder Tages, Monats und Jahreszeit seit Louise sich erinnern konnte.

Es war ein ewiger Strom aus Glanz und Musik, voller Menschen, die trunken von Glück durch die Gassen tanzten, während zur selben Zeit alle paar Meter ein Mann gefoltert oder einer Frau erstochen wurde. Als würde man mitten in Samuels Herz blicken müssen.

Johnathans Büro lag nicht weit entfernt.

Er hatte ein kleines Appartement in dem verlassenen Teil des Viertels eingerichtet, dort hatte er keine nervigen Nachbarn und musste nicht einmal seine Türen abschließen, es kam ja außer seinen Schützlingen sowieso niemand her.

John stand an dem Fenster hinter seinem Schreibtisch und sah hinaus, ein Glas Wein in den Händen haltend. Er wandte sich um, als er Louise hörte und begrüßte sie freundlich.

„Guten Tag, wie geht es dir?"

Lou ließ sich von seiner Gelassenheit nicht anstecken. Ihr Gesicht war steinhart und Johnathan stellte sein Glas, mit einem Seufzen, ab.

„Was habe ich getan?"

„Das würde ich gerne von dir wissen.", erwiderte Lou kalt.

Sie war nicht für einen Kaffeeklatsch herkommen, das dämmerte auch John und er wischte sich das schiefe Grinsen aus dem Gesicht.

„Ich nehme an, du hast mit Samuel gesprochen.", stellte er fest, jetzt in einem ähnlich trockenen Tonfall wie Louise.

„Er hat mir eine Fabel vorgelesen.", bestätigte Lou.

Johnathan plumpste wie erschlagen auf seinen Lederstuhl.

„Natürlich hat er das.", murmelte er.

„Wenn du mir etwas verschweigst...", setzte sie an.

„Wenn ich dir etwas verschweige, dann was?", unterbrach Johnathan sie.

Er blickte sie mit einem durchdringenden Blick an, ein Blick der selbst dem mutigsten Soldaten Bescheidenheit beibringen konnte. Ein Blick, den sie nicht oft bei John bewundern konnte.

„Ich habe keine Geheimnisse vor dir, Louise. Aber ich stehe nicht in der Pflicht, dir von allem zu berichten, was ich tue."

Ein frostiges Schweigen umhüllte sie.

Lou bereute ihre dreisten Worte, aber sie war noch immer durch den Wind von dem Gespräch mit Samuel. Unter normalen Umständen hätte sie sich eine solche Respektlosigkeit nicht getraut. Als John weitersprach, war seine Stimme um einiges wärmer geworden.

„Ich kann dir nicht sagen, worüber ich mit Samuel gesprochen habe."

„Okay.", flüsterte Louise und trat einen Schritt zurück.

Was sollte sie auch sonst sagen?

Sie dachte über Samuel nach und darüber, wie sie ihm vom ersten Tag an nicht vertrauen konnte. Sie musste auch daran denken, wie oft sie sich mit Johnathan schon über Samuel gestritten hatte. John war der einzige Grund, aus dem Lou sich regelmäßig mit Samuel traf und sich so unterwürfig, wie nur möglich gab, wenn immer sie mit ihm redete.

Mit jedem Jahr war ihr Misstrauen zu Samuel gewachsen.

Und jetzt?

Sie konnte es kaum fassen, dass Samuel und John gemeinsam ein Geheimnis vor ihr bewahrten.

Johnathan bemerkte ihren Unmut augenscheinlich.

„Erinnerst du dich an den Tag, als ich dir Samuel zum ersten Mal vorgestellt habe? Weißt du nicht mehr, was ich dir versprach?"

Louise runzelte ihre Stirn. Natürlich wusste sie es noch, wie könnte sie diesen Tag jemals vergessen. Allerdings hatte sie es nicht für möglich gehalten, dass er es auch noch wusste.

„Du willst dein Versprechen halten?"

Positive Aufregung breitete sich in ihr aus, ihre schlechte Laune verblasste, ohne, dass sie etwas dagegen tun konnte. Die Vorstellung war zu überwältigend. Konnte John das wirklich ernst meinen? Oder trickste er sie nur aus?

Johnathan bemerkte ihren Stimmungswechsel und auch in seinen Zügen wich die Anspannung, das schiefe Grinsen kehrte zurück auf seine Lippen.

„Ich werde mein Versprechen halten.", versicherte er ihr.

Der Tag, an dem sie Samuel das erste Mal getroffen hatte, war einer dieser Tage, den sie niemals würde vergessen können.

Es war einer der heißesten Tage des Jahres gewesen, 1984.

Louise, Anne, Chris, Julian und Daphne waren allesamt 8 Jahre alt gewesen und John hatte sie auf einem weiten Feld nebeneinander aufgestellt, wo die Sonne gnadenlos auf sie niedergeknallt hatte und sie, egal wo sie hinsahen, geblendet worden waren.

Samuels Erscheinungsbild war an jenem ersten Tag auffallend unauffällig gewesen.

Sein Lächeln war freundlich, sein dunkelgrüner Anzug und das weiße Hemd waren schlicht gewesen und sogar auf Schmuck oder Make-up hatte er damals verzichtet.

Sie hatten sich verunsichert hinter Johnathan gedrängt, wie unschuldige kleine Lämmer, die sich vor dem großen Bösen Wolf fürchteten.

Etwas an Samuel, und keiner von ihnen hätte sagen können was es war, hatte sie eingeschüchtert.

Samuel hatte Johnathan die Hand gereicht, sie hatten sich begrüßt.

Die Kinder waren abseits stehengeblieben, sich gegenseitig fest an den Händen haltend.

Samuel hatte sie betrachtet, als wären sie Waren, die er ausreichend prüfen musste, bevor er sie kaufte.

„Das sind sie also.", hatte er gewispert und war näher auf sie zugekommen, um seine behandschuhten Finger über sie gleiten zu lassen.

Es war der kleinen Lou wie eine Ewigkeit vorgekommen, in der Samuel sie begutachtet hatte, wie Möbelstücke. Minute um Minute war so vergangen.

Er hatte nichts weiter gesagt.

Irgendwann hatte er sich von den Kindern abgewandt, hatte John etwas zugeflüstert, was sie nicht verstehen konnten und war verschwunden.

Trotz der Jahre, die seitdem vergangen waren, hatte Louise kein Detail vergessen.

Genauso wenig hatte sie vergessen, wie Johnathan sie an dem Abend zur Seite genommen hatte und wie sie ihm zum ersten Mal gesagt hatte, dass sie Samuel nicht leiden konnte.

Lou erinnerte sich genau daran, wie John ihr ruhig und geduldig erklärt hatte, dass sie keine Wahl hatten, dass sie Samuel vertrauen mussten, dass sie tun mussten, was er ihnen sagte.

Und dann hatte Johnathan die Sätze gesagt, die sich für alle Ewigkeiten fester in ihr Gedächtnis eingebrannt hatten, als alles andere, was an jenem Tag geschehen war.

„Ich verspreche dir, dass der Tag kommen wird, an dem es keinen Grund mehr für uns gibt, Samuel die Macht über uns zu geben. Und wenn es so weit ist, dass Samuel und ich getrennte Wege gehen, dann darfst du ihm alles antun, was du willst. Er gehört dir."

In dieser Stunde hatte John ihr ein Versprechen gegeben. Ein Versprechen, welches auf Außenstehende höchst unangebracht gewirkt hätte, um es einem Kind zu geben. Er hatte ihr versprochen, dass Samuel durch ihre Hand sterben würde. Sein Blut würde an ihren Händen kleben und an niemandes sonst.

Deswegen hatte sie alles geduldig über sich ergehen lassen, was Samuel ihr über die Jahre angetan hatte. Stetig die Hoffnung hegend, dass sie eines Tages ihre Rache erhalten würde.

War es bald soweit? Würde Samuel sterben?

„Wann?", hauchte sie erwartungsvoll.

„Der Zeitpunkt wird schneller kommen, als du denkst."

Lou konnte in Johnathans Augen sehen, dass er die Wahrheit sprach.

Sie lächelte, ihre Zunge fuhr über die vollen Lippen, ihr Puls stieg in die Höhe, ihre Augen funkelten. Sie konnte es sich vor ihrem inneren Auge schon ausmalen. Alleine die Vorstellung fühlte sich unglaublich an.

In Johns Gesichtsausdruck meinte sie Anerkennung zu finden. So kannte er seine Schüler, so hatte er sie erzogen. Mit der Leidenschaft zum Verwerflichen.

„Bringe die anderen heute Abend, um 21 Uhr, in die Hütte. Es gibt Neuigkeiten für euch alle.", trug Johnathan ihr noch auf, nahm sein Weinglas wieder an sich und ging zurück zum Fenster.

Louise ging wortlos und ließ ihn alleine mit seinen Gedanken.

Kapitel 2

Als sich der Nachmittag zu Ende neigte, trat
Louise hinaus, um sich mit den anderen in der alten
Hütte zu treffen. Die Straßen glühten Golden im
Licht der schräg stehenden Sonne, während Lou die
wenigen Gehminuten zum großen Wald auf sich
nahm. Der Waldboden war trocken und mit jedem
ihrer Schritte zerbrachen heruntergefallene Äste der
Bäume unter ihrem Gewicht, während sie immer
weiter in die Natur eindrang. Die Pflanzen wuchsen
hier dichter, die Baumkronen ließen nur spärliches
Licht durch und sie hörte von überall das Rascheln
von Tieren. Es war zweifellos ein hübscher Ort, den
Johnathan hier geschaffen hatte.

Denn John hatte nicht nur die Hütte errichtet, die
sich im Herzen dieses Waldes befand. Er hatte den
kompletten Wald erschaffen.

Louise, Daphne, Anne, Julian und Chris waren
zunächst im Haus von Johnathans Vater und danach
in diesen Wäldern aufgewachsen, nachdem
Johnathan sie als Kinder aus ihren Familien geholt
hatte. Sie alle waren nach Talent ausgewählt worden,
John hatte sie handverlesen, nach Wunsch von
Samuel.

Hier hatten sie alles erlernt, was sie nun wussten.
Sie waren trainiert worden und hatten Fangen und
Verstecken gespielt, wenn ihnen vom Training
langweilig geworden war.

Louise hatte diesen Wald immer gemocht, der Ort
strahlte eine eigenartig mystische Aura aus. Dabei
lag kaum etwas Geheimnisvolles in diesem Wald,

außer den Geheimnissen, die sie ihm selber gegeben hatten.

Je tiefer Lou ging, desto kahler wurden die Bäume um sie herum, nach und nach verstummten auch die Geräusche der Tiere und die, des trockenen Unterholzes. Das war keine Illusion, es war der Schutzkreis, den Johnathan um die Hütte gezogen hatte.

Seit die Kinder nicht mehr dort lebten und auch keine Kinder mehr waren, war dieser Schutzzauber zwar etwas überflüssig geworden, aber es war den Aufwand nicht wert, ihn aufzuheben.

Von jetzt auf gleich, mündete der Wald in einer kreisrunden Lichtung und die wild bewachsene Natur wich einem immer-gepflegten Rasen. In der Mitte der Lichtung thronte die Hütte.

Sie war zwei Stockwerke hoch und sah von außen genauso gemütlich aus, wie von innen.

Die alten Holzlatten quietschten leidend unter Louises Gewicht, doch ganz so alt und verlassen wie Louise gedacht hatte war die Hütte offensichtlich doch nicht, denn die Zeitung, die sie auf dem Küchentisch fand, war erst von Anfang der Woche.

Menschen verschwinden weiterhin spurlos!
Merkwürdige Ereignisse verängstigen die
Bevölkerung!

Immer öfter scheint unser Land von gefährlichen
Vorkommnissen verfolgt zu werden.

Menschen verschwinden und werden auf offener
Straße angegriffen und verletzt. Die Bürger fühlen
sich nicht mehr sicher.
Zurecht?
„Es ist alles in bester Ordnung.", sagte Marie Clear
noch vor einigen Tagen, in einem offiziellem
Interview der Magic in Us.
Doch es sind nicht nur die Vermisstenfälle. Eine
Reihe unerklärlicher Brände, Tornados und andere
Naturkatastrophen erschüttern unsere Heimat.
Was geht nur vor?
Wir haben exklusiv Bernd Eckert, Experte für
Katastrophenschutz befragt...

Amüsiert las Lou den Artikel und schüttelte belustigt den Kopf.

Dass dieses Land von Kriminalität heimgesucht wurde, war kein Geheimnis. Ebenso wenig wie die Tatsache, dass die Regierung dagegen absolut nichts unternehmen konnte, geschweige denn wollte.

Was sollten sie auch schon tun? Bei Samuel hineinschneien und ihn festnehmen?

Einen Haftbefehl gegen Johnathan erlassen?

Hätten sie versuchen können, wenn nicht einer von den Beiden ihre Armee ihr Justizsystem befehligen würde. Und Samuel hatte auch nicht gerade wenig zu sagen.

Aber so lange die Regierung sich damit beschäftigen konnte, das Volk weiterhin zu belügen und sich in den Gewinnen ihrer Korruption zu baden, sollte Lou das recht sein.

„Ich wusste gar nicht, dass du dich für Politik interessierst.", ertönte eine Stimme hinter ihr und Louise drehte sich um.

Julian stand im Türrahmen, seinen Kopf zur Seite gelegt, mit einem Ausdruck, der mit lauter Schalk und Ironie bestückt war. Wie immer war sein braunes Haar ungekämmt und wuchs wie Unkraut aus seinem Schädel, was unordentlich gewirkt hätte, doch seine gebräunte Haut gab ihm einen beinahe modernen Indischer-Surfer-Look.

„Du bist nur neidisch.", erwiderte Lou, ging auf ihn zu und küsste ihn, „Weil du noch nie mit dem Premierminister schlafen durftest."

Julian küsste sie erneut und zog Louise mit sich in die Mitte des Raumes.

„Ich weiß ja nicht, er ist nicht so wirklich mein Typ."

Sie wurden unterbrochen von einem leisen: „Hallo." und entdeckten Anne, die gerade hereingekommen war und knapp an Lou vorbei ins Leere starrte.

Ihre langen dunklen Haare fielen ihr sanft bis zu den Knien und ihre schmalen silbernen Augen leuchteten hell, ohne Pupillen.

„Hallo, Anne.", sagte Louise und Anne setzte sich auf einen der Holzstühle, ohne sie oder Julian anzusehen.

Sie nahm kurz die Zeitung an sich, die Lou eben noch gelesen hatte und kicherte vergnügt.

Aus dem Flur drangen zwei weitere Stimmen.

„In dieser Hütte sieht alles viel zu düster aus."

Daphne betrat die Küche, ihre Nase gerümpft und ihre Arme vor der Brust verschränkt.

Chris lief hinter ihr, die Hände verständnislos in die Höhe geworfen.

„Aber du hast doch die Einrichtung ausgesucht."

Das brachte alle zum Lachen und die Fünf setzten sich zusammen an den Esstisch.

„John ist zu spät. Schon wieder.", stellte Daphne, nach wie vor gereizt, fest.

Sie hatte ihr blonden Haare kunstvoll hochgesteckt und sie steckte in einem Kleid, welches sicherlich teurer war als alles, was Louise besaß.

„Er darf so was.", beschwerte Chris sich gähnend und lehnte sich entspannt zurück.

„Ganz richtig, ich darf so was."

Alle Gesichter wandten sich Johnathan zu, der, wie aus dem Nichts direkt hinter ihnen, in der Mitte des Raumes aufgetaucht war.

Er setzte sich nicht hin.

Lou hatte die starke Vermutung, dass er das nur tat, um dramatisch die Spannung zu erhöhen.

„Wie schön zu sehen, dass ihr euch bildet."

Spöttisch besah er sich der Zeitung.

„Wenn diese Leute wüssten was da draußen alles lauert, würden sie ihre Zeit nicht damit verschwenden, sich irgendeinen Quatsch aus den Fingern zu ziehen."

„Ich hoffe, ...", setzte Chris scherzhaft hinzu, „dass du nicht nur hier bist, um uns über die Unfähigkeit der Journalisten aufzuklären?"

John fuhr sich übers Kinn und antwortete: „Natürlich nicht."

Schweigen kehrte ein. Johnathan verstand sich darin, künstlich Dramatik aufzubauen. Er wartete, bis es totenstill wurde und nur die Uhr an der Wand stetig vor sich hin tickte, bevor er weitersprach.

„Ich habe euch heute Abend hierhergebeten, um euch etwas sehr Wichtiges zu sagen. Vermutlich das wichtigste, was ich euch jemals zu sagen hatte."

Dann kramte er in seiner Manteltasche und das leise Klimpern einiger Münzen wurde gefolgt, von raschelndem Papier. John zog ein Blatt hinaus, welches er in die Mitte des Tisches legte.

Die fünf Jugendlichen beugten sich vor, um erkennen zu können, was es war.

Es stellte sich als eine alte Bleistiftzeichnung heraus, auf der ein Medaillon abgebildet war.

Die Ränder waren leicht verschwommen, als hätte der Zeichner den Gegenstand niemals wirklich betrachten können und das Medaillon deswegen nur vage, aus seiner Vorstellung heraus, abgezeichnet.

Das Metall formte eine geöffnete Rose mit edelsteinverzierten Blütenblättern und einem großen Stein im Zentrum der Blume, der, obwohl der Zeichner ihn nur angedeutet hatte, eine gewisse Ähnlichkeit mit einem menschlichen Auge besaß.

Unbestreitbar ein hübsches Motiv, sicher Teil eines teuren Schmuckstückes.

„Das ist das Medaillon der Engel."

Die Art wie John das sagte musste bedeuten, dass es wertvoll war. Wertvoller, als Louise es jemals hätte erahnen können.

Da John nicht den Eindruck machte, als würde er sich oder die Zeichnung weiter erklären, fragte Chris vorsichtig nach: „Was genau ist es?"

28

Johnathan antwortete nicht sofort. Er nahm sich Zeit, um seine Worte umsichtig zu formulieren, als würde er fürchten, wenn er die falschen wählte, würden sie ihn nicht verstehen.

„Das Medaillon ist ein lange verschollenes, magisches Artefakt. Ich weiß, ich weiß. Davon kennt ihr viele."

Das stimmte.

In der magischen Welt gab es sehr viele Leute, die das ein oder andere Mal etwas zu viel mit Magie herumspielten, ein mächtiges magisches Ding jeglicher Art erschufen und dann, na ja. Meistens gingen diese Dinge verloren, oft wurden sie mit Absicht versteckt.

Bisher jedoch hatten sie es immer geschafft, sie zu finden. Vorausgesetzt, es war ihnen aufgetragen worden.

Es gehörte nicht zu ihren Hauptaufgaben herumzurennen und magische Objekte zu suchen, doch am Ende musste es irgendwer machen und manchmal stellte sich diese Arbeit als ziemlich profitabel heraus.

Wenn sie eines der Artefakte gefunden hatten, dann verkauften oder zerstörten sie es, was darauf ankam, wie wahrscheinlich es war, dass jemand mit dem Artefakt den Planeten in die Luft jagen würde.

Behalten taten sie diese Gegenstände nie.

Denn wenn ein magisches Artefakt verschollen war, gab es dafür Gründe.

Gute Gründe.

„Dieses ist anders, als jene, die ihr bisher kennengelernt habt. Es ist sehr mächtig, aber es ist auch sehr gefährlich.", erklärte John.

„In wie Fern ist das anders, als sonst?"

Julians Frage war berechtigt.

Im Grunde hörte es sich an, wie jedes beliebige verschollene magische Artefakt.

Schwarzmagisch. Mächtig. Gefährlich.

„Stellt euch vor... nein, lasst es mich anders sagen."

Johnathan begann angestrengt vor ihnen auf und ab zu gehen, was ein Zeichen dafür war, dass ihn dieses Thema nervös machte. Ein ungewöhnlicher Umstand.

„Ein verfluchter Gegenstand ist in der Regel gefährlich, weil er sich nicht kontrollieren lässt. Wie gefährlich kann ein Gegenstand nur werden, wenn er sich selbst kontrolliert?"

„Du meinst...", warf Daphne ein, „ein Objekt, welches einen eigenen Willen entwickelt? Das ist nicht möglich. Gegenstände bleiben Gegenstände, ob sie nun verflucht wurden oder nicht."

Louise wusste, was Daphne meinte. Man konnte mit Magie so einiges anstellen, aber leblose Objekte würden immer leblose Objekte bleiben.

„Du hast recht, Daphne. Ihr dürft jedoch nicht den Fehler machen, anzunehmen, das Medaillon sei jemals nur ein Gegenstand gewesen. Es hat einen eigenen Verstand. Einen Willen. Eine Seele.", sagte Johnathan.

Er blieb stehen und sah Lou an. Eine unbestimmte Dunkelheit steckte hinter seinen Augen.

„Ich würde sagen, so ein Ding sollte man absolut verschollen bleiben lassen.", meinte Chris trocken.

„Ich fürchte nur, dass das nicht der Plan ist, nicht wahr?", fügte Louise hinzu.

Sie hatte ein ganz schlechtes Bauchgefühl bei dieser Sache. Chris hatte ohne Frage recht. Falls es so etwas wirklich geben konnte, sollte man froh sein, dass es verschollen war.

Bei aller Faszination, die Louise für die Kunst der verbotenen Magie hegte, es gab Grenzen davon, was sie Magie zutraute. Gegenstände, die Wünsche, Gedanken oder einen eigenen Willen hatten, wirkten zutiefst verstörend.

„Nicht ganz, nein. Ihr werdet das Medaillon für mich finden.", verkündete Johnathan das, was sie alle befürchtet hatten.

Bevor irgendwer etwas zu John sagen konnte, was er später bereuen würde sprang Lou ein.

„Wo fangen wir an?"

Sie erntete einen wütenden Blick von Chris, einen überraschten von Julian und einen verwirrten von Daphne, doch Johnathan meinte nur: „Da ist der Hacken."

„Ehrlich? Da ist der Hacken? Die ganze Sache ist purer Wahnsinn.", platze es aus Chris heraus und Louise sah ihn warnend an.

Er musste seinen Unmut im Zaum halten, zumindest so lange, bis John den Raum verlassen hatte.

Doch Daphne stimmte Chris zu: „Wir reden nicht ernsthaft darüber das Medaillon zu suchen, oder?"

John hob seine Hand und Schweigen trat ein.

„Ich weiß um die Gefahren. Meine Entscheidung ist weder naiv, noch ist sie willkürlich. Ich kann niemanden von euch dazu zwingen mir zu gehorchen, ihr seid keine Kinder mehr. Ihr seid alt genug, um eure eigenen Entscheidungen zu treffen. Jeder der gehen möchte, kann dies jederzeit tun."

Niemand regte sich.

Für eine Sekunde fragte Louise sich, was geschehen würde, wenn einer von ihnen wirklich aufstehen und gehen würde.

Würden sie denjenigen einfach gehen lassen? Würden sie mitgehen? Würden sie... etwas anderes tun?

Lou war froh, dass sie nicht vor diese Entscheidung gestellt wurde. Alle blieben sitzen.

„Suchen wir es also?", fragte Anne so unbekümmert, als würden sie entscheiden, was sie zu Mittag aßen.

„Ja, Anne.", schloss Louise und niemand protestierte, „Wir werden nach dem Medaillon der Engel suchen."

Kapitel 3

Am nächsten Morgen erwachte Louise ungewohnt früh.

Die Ereignisse der letzten Nacht wollten sie nicht loslassen und sie musste dringend mit jemandem darüber reden. Jemandem, bei dem sie sich sicher seien konnte, dass ihre Zweifel diskret blieben.

Frank.

In der Stadt begegnete Louise einigen Menschen, so früh am Morgen schienen die Meisten zu dieser Jahreszeit, die ersten Sonnenstrahlen des Tages einfangen zu wollen. Die Leute bemerkten Louise, sahen sie mit verschreckten Gesichtern an und wechselten die Straßenseite. Ja, hier kannte man sie.

Frank hatte ein Reihenhaus im Stadtkern, eine helle und freundliche Ecke, in der alle Vorgärten gleich aussahen und der Geruch von frischem Kaffee und Brötchen die Straßen erfüllte.

Lou stieg die wenigen Stufen hinauf zur Veranda, klingelte und wartete geduldig.

Ein faltiges, bebrilltes Gesicht erschien an der Tür.

„Frank."

Freundlich lächelnd öffnete Frank die Eingangstür komplett und ließ sie hinein.

„Was für ein schönes Wetter.", bemerkte er und ging vor, in den Salon.

Mit einer Handgeste deutete er Lou sich zu setzen und sie fiel in einen roten Ledersessel, während Frank eine Tasse aus dem Glasschrank in der Ecke nahm und ihr etwas Tee einschenkte.

„Wie geht es meinem Sohn?"

Franks Stimme war eben so sanft wie Johnathans, doch waren die blauen Augen seines Vaters so viel ehrlicher und reiner, als Johns kaltes Hellbraun.

„Du weißt, wie er ist. Es ist kompliziert zu sagen, wie es ihm geht."

„Ja allerdings.", lachte Frank leise. Er setzte sich gegenüber von Louise und nippte geduldig an seinem Tee.

„Und wie geht es dir?"

Lou zauderte kurz mit sich, bevor sie ein: „Es ging schon besser.", herausbrachte.

Frank setzte besorgt seine Tasse ab, über sein Gesicht fiel ein ahnungsvoller Schatten.

„Was ist los?"

Gute Frage. Louise hatte bis in den späten Abend mit den anderen diskutiert, über das Medaillon.

Erst hatten sie sich gefragt, ob es überhaupt real war, doch Johnathan versicherte ihnen immer wieder, dass es existierte und, dass es, wie er es formulierte, eine eigene Seele besaß.

Als Johnathan dann gegangen war, hatten sie darüber gestritten, was nun folgen würde.

Sollten sie das Medaillon wirklich suchen? Wo sollten sie anfangen? Was taten sie, wenn sie es finden würden?

Sie hatten Bücher gewälzt, doch es war nichts Wertvolles dabei herausgekommen. Keine Informationen über das Medaillon der Engel, nirgendwo.

Lou fühlte sich schlecht. Zum einen, hatte zwar niemand aus der Gruppe ihrer Entscheidung offen widersprochen, doch sie wusste, dass die anderen es nicht mochten, wenn Louise alleinig solche Dinge entschied.

Nicht, dass sie es bereut hätte. Sie war durchaus davon überzeugt, dass sie alle tun sollten, was Johnathan von ihnen verlangte. Allerdings genoss sie nicht unbedingt die Verantwortung, die nun folgte, denn sollte etwas schiefgehen, würde man sicherlich leicht die Schuld auf diesen Moment zurückverfolgen können.

Hinzu kam, dass Lou sich um ihr eigenes Wohl und das ihrer Freunde Sorgen machte. Egal wie gefährlich die Missionen waren, auf die man sie bisher geschickt hatte, normalerweise war das Risiko von vornherein einzuschätzen. Dieses Mal jedoch liefen sie vollkommen blind in ein unbekanntes Unheil hinein.

Nicht zuletzt kreisten Louises Gedanken auch um John. Die Art, wie er sie angesehen hatte, während er über das Medaillon gesprochen hatte, war ihr nicht entgangen und bereitete ihr noch immer Unbehagen.

„Etwas Komisches geht vor, Frank.", fasste Lou ihre Unruhe zusammen.

„Es fühlt sich an, als würden wir auf ein großes Unglück zusteuern... ich weiß. Ich klinge vermutlich paranoid."

Es war nur ein Auftrag, wie jeder andere auch. Warum all die Aufregung? Es schien keinen Sinn zu ergeben.

Frank legte seine Lesebrille ab und beugte sich nach vorn. Der Schatten auf seinem Gesicht wurde dunkler.

In seinen leicht wässrigen Augen erschien ein Schimmer von ungewohnter Kälte und seine Züge wurden ernst.

„Nein, so klingt es ganz und gar nicht. Es hört sich an, als würdest du mir Neuigkeiten bringen, von denen ich seit 20 Jahren hoffe, sie niemals zu erhalten.", raunte Frank und klang dabei grimmiger, als Louise ihn jemals gehört hatte. Sie setzte sich aufrechter hin. Ein kalter Luftzug wehte durch den Raum und verjagte jegliche Wärme oder Freundlichkeit.

„Heißt das, du weißt von dem Medaillon?", fragte Lou.

„Wissen. Ich wünschte ich würde nicht davon wissen.", knurrte Frank und stand auf.

Er ging hinüber zu dem kleinen Bücherregal, das Einzige in diesem Haus.
Johnathan hatte ihr erzählt, dass sein Vater früher eine ganze Bibliothek besessen hatte, doch das diese im Laufe der Jahre einem Feuer zum Opfer gefallen und aus einem unbestimmten Grund danach nicht mehr aufgebaut worden war. Der zweite Stock dieses Hauses war unbewohnt, der Flur war von Asche und Ruß bedeckt, die, mit Brandflecken übersäten, Türen abgeschlossen. Eine starke magische Energie war dort gefangen. Sie hatte nie herausgefunden, was genau vorgefallen war.

Frank lief an dem Bücherregal entlang, die Finger über den Buchrücken schwebend und als er wieder das Wort ergriff, murmelte er eher vor sich hin, als, dass er mit Louise redete.

„Ich weiß nicht vieles, aber ich bin nicht so dumm,

wie er immer geglaubt hat. Es ist eine Krankheit, diese Arroganz weißt du? Sie macht ihn unvorsichtig. Wenn er denkt, niemand könne ihm was anhaben. Wenn er denkt, er könne sagen was er will, es verstehe ihn ja doch keiner."

Lou hörte nicht zum ersten Mal, wie Frank sich über Johnathan beschwerte.

Dieses Mal war es anders. Frank hatte nicht Unrecht, Johns Arroganz verleitete ihn manchmal dazu nicht durchdacht zu handeln und sich leichtsinnig in Schwierigkeiten zu bringen.

Die Art aber, wie Frank das Wort Arroganz ausspuckte, machte Lou nervös.

„Was weißt du, über das Medaillon?", wollte sie angespannt wissen und der Tee in ihre Tasse schwappte leicht über. Ihre Hände zitterten.
Frank wandte sich zu ihr um, langsam, als würde er mit sich selbst ringen, nicht wissend, wie viel er ihr verraten wollte.

„Nichts. Ich weiß nur, dass es nichts Gutes bringt, mein Liebling."

Louise richtete sich gerader auf, streckte ihren Rücken und räusperte sich. Der Spitzname war ein Relikt aus längst vergangenen Zeiten und machte ihr bewusst, wie verängstigt sie aussehen musste.
Sie nahm all ihr Selbstbewusstsein zusammen und blickte Frank direkt in die Augen. Sie war immerhin kein kleines Mädchen mehr. Das Schicksal des Landes lag auf ihren Schultern.

Sie was Louise Scriven, die Auftragsmörderin, die als rechte Hand für den König arbeitete. Nicht

Louise Scriven, das Mädchen, dass sich vorm Dunkel fürchtete.

Das Medaillon nagte an ihr. Sie durfte sich davon jedoch nicht beeinflussen lassen.

„Du weißt nichts das uns helfen könnte, es zu finden?"

Frank erstarrte. Angst erfüllte nun seine Haltung. „Es zu finden? Lou, du darfst auf keinen Fall nach dem Medaillon suchen. Du dürftest nicht einmal wissen, dass es existiert.", wetterte Frank schockiert.

Louise erhob sich. Franks Warnungen trafen sie, aber das durfte sie sich nicht anmerken lassen. Selbstverständlich fürchtete er sich vor dem Medaillon, er war ein alter Mann. Sie dagegen war eine starke und entschlossene Anführerin und würde sich nicht von ihrem Ziel abbringen lassen.

Lou mochte herkommen sein, um Frank an ihren Zweifeln teilhaben zu lassen. Das war ein Fehler gewesen.
Sie sollte keine Zweifel haben. Denn wenn sie zweifelte, würden alle zweifeln und dann gab es gar keinen Grund mehr, die Sache noch durchzuziehen.

Johnathan war vielleicht arrogant, aber er war auch zielstrebig und ehrgeizig und er bekam am Ende immer, was er wollte. Ohne diese Eigenschaften wäre Louise niemals so weit gekommen.
Jetzt war nicht der richtige Zeitpunkt, anzufangen, John infrage zu stellen.

„Johnathan hat uns aufgetragen es zu finden und genau das werden wir tun."

Die Anspannung schwirrte noch einen Atemzug lang durch den Raum, wie ein unsichtbarere Nebel.

Dann nickte Frank langsam, die Wärme kehrte zurück in seinen Blick und in das Haus. Er verstand Louises Loyalität, so war es schließlich schon immer gewesen.

„Wenn du die Worte meines Sohnes für unfehlbar hältst vergiss nicht, dass er es war, der dir gelehrt hat, niemandem zu vertrauen."

Nicht einmal dir selbst.

So oft hatte sie dies in der einen, oder anderen Variation von John gehört. Über Jahre hinweg hatte er immer und immer wieder dasselbe Mantra wiederholt, als würde es dadurch eine höhere Bedeutung gewinnen.

„Wenn ich mir selbst nicht vertrauen kann, auf was vertraue ich dann?"

Diese Frage hatte sie jedes Mal gestellt, wenn sie diesen Lehrsatz zu hören bekommen hatte. Diese Frage stellte sie auch jetzt.

Auf mich., hatte Johnathan stets geantwortet.

„Auf dein Herz", antwortete sein Vater jetzt. Louise wusste nichts mit dieser Situation anzufangen. Sie fühlte sich immer noch schlecht, doch zur gleichen Zeit wollte sie genauso stark wirken, wie Johnathan immer auf sie wirkte.

Sie hatte Mitleid mit Frank. Offensichtlich war ihm etwas zugestoßen, eine Geschichte, die ihm mit dem Medaillon verband. Eine Geschichte, deren Erinnerungen ihn immer noch schmerzten und von der Lou keine Ahnung hatte.

Ein Rückzieher kam allerdings nicht infrage. Louise konnte Johnathan einfach nicht enttäuschen, er vertraute ihr und das wollte sie nicht missachten. Am Ende blieb ihr nichts anders übrig, als ihre dunklen Vorahnungen, Zweifel und Ängste herunterzuschlucken und die Warnungen zu ignorieren.

„Danke, Frank.", gab sie von sich, obwohl dieser Dank bedeutungslos war und bleiben würde.

Frank war, genauso wie Lou, klar, dass dieses Gespräch nichts geändert hatte.

„Danke mir nicht. Ich werde dir danken, wenn du es schaffst dem Fluch zu entgehen."

Diese Aussage hätte Louise stutzig gemacht, wenn sie hingehört hätte. Ihre Gedanken waren schon ganz woanders. Knapp verabschiedete sie sich, dann verließ sie den Raum.

Am Morgen hatte sie noch gehofft, dass ein Treffen mit Frank sie beruhigen würde. Sie hatte falsch gelegen.

Zwar hatte sich ihre Entscheidung vom Vorabend verfestigt, doch brachte das mehr Probleme mit sich als es löste. Statt vager Warnungen und Andeutungen wünschte Lou sich Klarheit und Informationen. Wie suchte man etwas, über das niemand sprechen wollte? Und noch wichtiger, wie fand man es?

Louise redete sich ein, dass sie sich viel besser fühlen würde, sobald sie einen Plan hatte. Es wollte ihr allerdings keiner einfallen und daher war Lou nicht in bester Laune, als sie in ihre Wohnung zurückkehrte.

Trotzdem gab sie sich größte Mühe, ihr bestes Lächeln aufzusetzen, als sie Julian in ihrer Küche vorfand.

„Ich habe nicht mir dir gerechnet."

Entweder bemerkte Julian nicht, dass Louise ihre Freundlichkeit nur vorspielte, oder er störte sich nicht daran. Jedenfalls war er so gut gelaunt, wie immer.

Er hatte eine Schale mit Süßigkeiten vor sich gestellt und daneben lag ein kleiner Haufen Verpackungen, der schon gegessenen Süßigkeiten.

„Ich hatte keine Lust einzukaufen und bin hergekommen, um zu Frühstücken.", erklärte Julian und schob sich glücklich ein Schokoladenei in den Mund.

Louise kommentierte weder, dass er unangekündigt bei ihr einbrach, um Essen zu klauen noch, dass seine Frühstücksgewohnheiten den Wünschen eines Kleinkindes entsprachen. Seine Unbekümmertheit war sogar ein wenig erfrischend.

Sie setzte sich neben ihn und rutschte so nah heran, dass sein unrasiertes Kinn an ihrer Wange kratzte. Vielleicht sollte sie sich ein Beispiel an Julian nehmen und ihren Stress hinter sich lassen, die Dinge einfach hinnehmen, wie sie kamen. Einfach ihre Gedanken weg vom Medaillon bewegen.

Das funktionierte ganz gut. Für etwa 20 Sekunden.

„Ich war gestern Nacht noch unten im Archiv mit Daphne und hab ein paar Sachen zum Medaillon herausgefunden.", bemerkte Julian und Lou verabschiedete sich, von ihrer inneren Ruhe.

Archive waren aus den Bibliotheken, der nichtmagischen Gesellschaft entstanden. Kaum jemand in der magischen Gesellschaft interessierte sich sonderlich für die Aufbewahrung von Wissen oder Kunst, weshalb es in weiten Teilen der magischen Welt weder Schulen, Universitäten, oder Buchhandlungen, noch Museen oder auch Bibliotheken gab. Kinder wurden Zuhause unterrichtet, Bücher wurden nur gelesen, wenn sie Familienerbstücke waren. Am Ende hatte man sich kollektiv dazu entschieden alle Dokumente und Aufzeichnungen, die man nach den Kriegen noch finden konnte und all jenes, was die wenigen magischen Wissenschaftler und Autoren noch hervorbrachten mehr oder weniger sortiert in große Archive zu stellen.

Es gab ein solches Archiv in beinahe jeder größeren Stadt und es wurden oftmals mehrere Gebäudekomplexe dafür in Anspruch genommen.

„Jedenfalls hatte Chris recht. Wenn John uns die Wahrheit erzählt und es das Medaillon gibt, was ich immer noch anzweifle, dann sollten wir es in Ruhe lassen. Wir werden es natürlich nicht in Ruhe lassen aber na ja. Ich glaub ich weiß, warum Johnathan das Teil haben will.", führte Julian aus und zuckte mit den Schultern, weiter an Bonbons knabbernd.

„Ach ja?", hakte Lou nach.

Julian nickte.

„In den meisten Geschichten, die wir gefunden haben, hieß es, dass bereits viele Magier versucht haben das Medaillon zu finden. Man scheint zu denken, dass das Medaillon die Kraft hat den menschlichen Verstand zu kontrollieren. Und, wenn man mächtig genug wäre um das Medaillon zu kontrollieren..."

Er ließ den Satz offen.

Mit einem Schlag drängte sich in Louise eine neue Frage auf.

War es eine gute Sache, wenn Johnathan das Medaillon in die Hände bekam?

Doch Julian war noch nicht fertig.

„Heute Morgen dann, als wir das Archiv verließen, hat Daphne etwas gesagt, was mir nicht aus dem Kopf gehen will. Es scheint, als hätten wir unser ganzes Leben, oder zumindest unser Leben bei John, auf etwas gewartet. Etwas Großes, eine Sache, für die wir trainiert wurden. Was wenn dieses Medaillon der einzige Grund ist, aus dem es unsere Gruppe überhaupt gibt?"

An diesem Morgen noch hätten diese Überlegungen Louise tief getroffen. Jetzt konnte sie dem Gesagten kaum etwas Spannendes abgewinnen. Vermutlich hatte sie die Grenze der möglichen Gefühle, die man in wenigen Stunden empfinden konnte erreicht und konnte jeder neuen Erkenntnis nur noch mit Gleichgültigkeit begegnen.

„Selbst, wenn es stimmt. Was würde das für einen Unterschied machen?"

Gar keinen. Denn wenn Johnathan sie tatsächlich über zehn Jahre lang dafür ausgebildet hatte das Medaillon zu finden, würde das die Sache nicht mehr und nicht weniger beunruhigend machen.

„Ich denke, es macht einen großen Unterschied. Es fängt an sich anzufühlen als würden wir auf das

Ende zusteuern.", dachte Julian laut.

Es war ungewöhnlich, ihn so ernst reden zu hören.

„Das Ende? Das Ende von was?"

Julian zuckte mit den Schultern.

„Ich weiß nicht. Ich will nur sagen, dass ich... Ich will nichts zu bereuen haben, weißt du? Falls alles zu Ende geht."

Lou stutzte. Julian trug seine Mundwinkel zwar immer noch oben, doch sein Ton war äußerst bestürzt. So hatte sie ihn nur selten erlebt. Offensichtlich machte er sich ernsthafte Gedanken.

Sie war anscheinend nicht die Einzige, deren Instinkte Alarm schlugen. Dieser Auftrag war mehr, als nur ein Auftrag. Aber warum? Warum konnte sie ihren Finger nicht darauf legen, was genau sie so sehr aus dem Konzept brachte.

„Falls was zu Ende geht Julian? Sprichst du etwa... vom Tod? Krieg? Der Apokalypse?", unternahm Louise einen halbherzigen Versuch, die Stimmung mit etwas Sarkasmus aufzulockern.

Es funktionierte nicht, Julian schien ihr nicht mal richtig zuzuhören. Er räusperte sich, streckte seine Schultern und nahm Louises Hände in seine. Seine Finger klebten leicht von der Schokolade.

„Ich liebe dich."

Diese Worte kamen ganz unvermittelt. Damit hatte Lou nicht gerechnet.

„Du ähm... was?", hakte sie nach, in der Hoffnung sich verhört zu haben.

„Ich liebe dich."

Julian wich nicht zurück, in seinem Ausdruck erkannte sie Selbstsicherheit. Er hatte sich das wirklich gut überlegt und schien sich seiner Sache ziemlich sicher zu sein. Sie wollte ihn nicht verletzen. Doch was sagte man auf so etwas? Wie könnte er ihr das antun?

„Ich also... das ist wirklich... nett."

Das war nicht gut. Louise nahm sich eine Sekunde, um tief durchzuatmen. Er hatte sie mit seiner Aussage unvorbereitet konfrontiert und dabei hatte er nicht gerade ihren besten Tag erwischt. Zu einem anderen Zeitpunkt hätte sie vielleicht anders damit umgehen können.

Doch in diesem Moment fiel ihr nur eines ein: „Julian... ich glaube, wir sollten Schluss machen."

Die Fassung fiel Julian aus dem Gesicht.

„Was?"

Er tat Lou leid. Sie hatte sich von seinem Gefühlsgeständnis so überwältigt gefühlt, es war nicht fair, dass sie ihm nun dasselbe antat. Louise griff nach seinen Händen, die er ihr im Schock entzogen hatte und drückte sie.

„Ich mein nur, du hast recht. Das Medaillon ist wichtig, wichtig für uns und wenn Daphne recht hat vermutlich wichtig für die ganze Welt. Vielleicht ist das nicht die beste Situation um eine Beziehung zu führen. Denkst du nicht, wir sollten uns darauf konzentrieren, zu überleben?"

Lou gab ihr Bestes, um Julians Verständnis zu erhalten. Ihm musste einleuchten, wie unpassend das Timing für ihre Beziehung war. Vor allem, wenn er sie so viel ernster nahm, als sie geglaubt hatte.

„Wenn das ist, weil ich „Ich liebe dich", gesagt habe, dann nehme ich es zurück. Ich hätte es nicht sagen sollen, nicht jetzt. Nicht heute.", gestand er ein.

Schmerz belegte seine Stimme.

„Nein, damit hat das nichts zu tun Julian. Nimm es nicht zurück, denn das würde es nicht weniger wahr machen.", widersprach Louise.

„Ich bitte dich, Lou ich..."

Sie unterbrach ihn. Sie konnte es nicht ertragen, ihn so zu hören.

„Es tut mir leid Julian, aber ich kann nicht ignorieren, was du gesagt hast und ich habe nicht die Zeit, um darüber nachzudenken. Wichtigeres steht bevor."

Louise hörte selbst, wie herzlos sie klingen musste, aber es entsprach der Wahrheit.

Julian löste sich von ihr und verließ wortlos den Raum.

Als die Haustür hinter ihm zufiel, zuckte Lou zusammen. Ihr Kopf begann weh zu tun.

Sie blickte zur Uhr. Es war nicht einmal 10 Uhr morgens. Was für ein Desaster.

Louise stand auf, räumte die Unordnung weg, die Julian hinterlassen hatte und setzte sich aufs Sofa.

Sie schaltete das Radio im Wohnzimmer an. Die Musik diente als angenehmes Hintergrundgeräusch, während Lou sich wahllos ein Buch griff. Ihr Verstand musste abgelenkt werden, zumindest für eine Weile, bis der pochende Schmerz verschwand.

Johnathan

Zermürbt ließ John die Eingangstür zu seinem Büro zufallen.

Er hatte einen nervenaufreibenden Tag hinter sich und ausnahmsweise hatte Samuel nichts damit zu tun.

Wenigstens nicht direkt.

Vor einigen Monaten, hatte Samuel den kleinen Richie Ashford, den Neffen von Odette Ashford, von Asien nach England verschiffen lassen, nachdem dessen Mutter gestorben war.

Odette Ashford war das Familienoberhaupt einer der größten dunklen Familien der Welt.

In Großbritannien gab es 14 sogenannte „dunkle" Familien.

Diese waren Nachkommen des Atemu, der einer Legende nach als erster Zauberer schwarze Magie entdeckt und ihre Kräfte studiert hatte.

Sein Wissen war beeindruckend gewesen, aber nicht ausgereift und der Legende nach begann die Magie sich auf seiner Haut abzusetzen, wie sie es eben tat, wenn Magier zu lange schwarzer Magie ausgesetzt waren, ohne sich davor zu schützen.

Atemu starb angeblich schließlich an seiner Forschung, er hinterließ aber fünf Kinder, zwei Töchter und drei Söhne, die mit seinen Malen geboren wurden und diese an ihre Kinder weitergaben und so weiter.

Zauberern, die diese Male besaßen, sagte man besondere Kräfte nach.

John hatte all dies für Humbug gehalten, für eine Geschichte, wie es sie ihn der magischen Welt so viele gab.

Solange, bis er in jungen Jahren selber gegen einen Mann gekämpft hatte, der die schwarzen Zeichen auf der Haut getragen hatte. Es hatte seinen Vater zwei Monate und eine Menge Mühen gekostet, um John wieder auf die Beine zu bringen.

Seitdem stellte er die Kraft der dunklen Familien nicht mehr infrage.

Die dunklen Familien stritten unter sich immer um die Vorherrschaft.

Die Ashfords hatten diesen Titel lange verteidigt und irgendwann, begannen sie mehr zu wollen und Samuel

einige Probleme zu bereiten. Ihre Mission war gescheitert, Samuel hatten sie nicht entthronen können, stattdessen hatten sie besiegt das Land verlassen, um sich woanders Macht zu beschaffen.

Odettes jüngere Schwester, Helga war vor wenigen Monaten, im Alter von 37, an einer Vergiftung verstorben.

Nicht ungewöhnlich in solchen Familien, da sie sich quasi ständig im Kriegszustand befanden.

Samuel hatte Richie, der mittlerweile acht Jahre alt war, in der Hoffnung, sich dessen Talente zu nutzten machen zu können, in sein Haus bringen lassen.

In der Theorie ein netter Plan, aber in der Praxis fanden die anderen dunklen Familien heraus, dass Richie Ashford im Land war und fingen an, sich um den Jungen zu streiten.

Samuel mit seinem Sturkopf wollte den Jungen einfach nicht gehen lassen, aber John musste in der aktuellen Lage einen Krieg schleunigst abwenden, weshalb er den ganzen Tag lang den Diplomaten hatte spielen dürfen.

Johnathan war nicht der Typ für friedvolle Verhandlungen.

In der Regel schickte er Louise vor, wenn Verträge ausgehandelt werden mussten. Etwas an ihr brachte Leute dazu, sie zu mögen.

Aber da sie mit ihren eignen Problemen beschäftigt war, hatte er selbst rangemusst, in einem Raum mit 39 schwarzmagisch begabten Zauberern und Hexen, die sich gegenseitig bis auf den Tod hassten, um ihnen Friedensangebote nahezubringen.

Am Ende hatte er mehr oder weniger Erfolg gehabt, er hatte die Familien zumindest soweit beruhigen können, dass in nächster Zeit kein Krieg von ihrer Seite drohte.

„Deswegen hasse ich Politik.", seufzte John und warf seine Jacke auf seinen Schreibtischstuhl.

Müde ließ er sich auf die Ledercouch fallen, die er vor Jahren bereits dort an die Wand gestellt hatte. Er hielt sich so häufig in seinem Büro auf, dass er praktisch dort wohnte, weshalb er sich auf kurz oder lang eine Schlafgelegenheit hatte einrichten müssen. An Schlaf war allerdings noch nicht zu denken, denn kaum auf dem Sofa, hörte er, wie die Haustüre sich öffnete.

Das Geräusch von Pumps auf dem Steinboden, keine Minute später öffnete sich die Zimmertür. John erkannte das Parfum, das Schnalzen der Zunge.

Entnervt schloss er seine Augen, er weigerte sich
für diesen Besuch aufzustehen.

„Was willst du hier Rachel?"

„Oh, ist mein Cousin nicht erfreut mich zu
sehen?"

„Ich bin nicht dein Cousin, Rachel."

„Tut mir leid. Ich meine natürlich der Sohn, des
Sohnes, des Sohnes, des Bruders, meines
Urgroßvaters. So korrekt?"

„Ja, so ist es korrekt."

„Gut. Wir wollen ja nicht, dass Missverständnisse
entstehen."

„Das wäre ja eine Tragödie."

„Ganz genau."

Die schlanke junge Frau setzte sich auf den
massiven Holztisch, ihre kurzen Beine ließ sie vor
und zurückschwingen.

„Nic hat mich angerufen."

„Schön für ihn. Spielst du jetzt etwa seine
Brieftaube?"

Rachel und Johnathan hatten sich schon seit
Ewigkeiten nicht mehr gesehen.

Johns Familie väterlicherseits war riesig, die
meisten seiner Verwandten hatte er nie zuvor
getroffen, da Frank keinen Kontakt zu ihnen pflegte.

Die einzigen Familienmitglieder, die seinem Vater
auch nur annähernd nahestanden, waren Edith
Keenan und ihr Mann Jack. Rachel war ihr einziges
Kind, sie war drei Jahre jünger als Johnathan.

Sie hatte sich seit ihrem letzten Treffen kaum
verändert.

Ihre tiefroten Haare steckten in derselben Kurzhaarfrisur, wild in alle Richtungen abstehend.

Sie trug enge Hosen aus Leder, ein weißes Tanktop, eine blaue Jeansjacke und schwarze Schnürstiefel. Um ihr rechtes Handgelenk lagen mindestens zehn bunte Armreifen und sie hatte sowohl ihre Ohren, als auch ihre Lippen piercen lassen. Sie trug einen kleinen Zauberstab bei sich, den sie mit Lederschnüren an ihrem linken Arm befestigt hatte, wo er mit seinen schwarzen Gravierungen beinahe nahtlos in ihre Tattoos überging.

„Nic hat mich geschickt, weil er sich Sorgen macht. Ich will mich nicht einmischen, aber du kennst deinen Bruder. Der lässt mich nicht in Ruhe, bis wir geredet haben."

„Und worüber genau willst du reden?"

„Komm schon, wir haben uns viel zu lange nicht mehr gesehen. Es gibt doch bestimmt irgendetwas, was du mir erzählen kannst."

„Was ist mit dir? Ich hab gehört, dass du nach Italien ausgewandert bist.", entgegnete John, desinteressiert.

Früher war er gut mit Rachel zurechtgekommen, aber das war lange her.

„Ach weißt du, ich wohne mal hier mal dort. Versuche die Welt zu sehen. Wie ich hörte, sollte ich mich wohl beeilen, solange du sie noch stehen lässt, was?"

Rachel kicherte leise.

Sie heuchelte Vertrautheit vor, die Johnathan nicht für sie empfand. Sie wollte etwas von ihm, er konnte es förmlich riechen.

„Deswegen bist du nicht hier. Was willst du wirklich?"

Das fröhliche Kichern verstummte.

Johnathan kannte Rachel und sie blieb, wer sie war.

Eine hinterlistige, miese Schlange.

John wusste sehr wohl, dass sie sich ihre teuren Reisen, die Klamotten und den Schmuck nicht durch harte Arbeit verdient hatte. Rachel war clever genug gewesen einen reichen Mann zu heiraten, von dem sie noch so oft beteuern konnte, dass sie ihn liebte, den sie aber nie gegen ihren neuen Sportwagen eintauschen würde. Es hätte ihn gestört, dass sein kleiner Bruder diese Frau zu ihm schickte, um ihn auszuhorchen. Wenn er ihr geglaubt hätte, dass sie wegen Nic hier war. Was er nicht tat.

„Was glaubst du denn?"

Der Klang ihrer Stimme war noch genauso freundlich, aber sie lehnte sich auf ihren Armen nach vorne und ihre Beine hörten auf zu schwingen.

„Ich will einen Anteil."

Johnathan öffnete seine Augen, setzte sich auf und wartete bis sie fortfuhr.

„Ich habe die Gerüchte gehört.", erklärte sie, „Ich weiß nicht genau, worauf du aus bist. Ich will aber etwas davon abhaben. Ich will an deiner Seite stehen, wie früher. Du bist eine ganz schön große Nummer hier, John. Wir könnten das alles zusammen tun."

„Du willst mit mir zusammen, was genau tun? Großbritannien regieren?"

„Ganz genau. Ich und du. Wie in den guten alten Zeiten."

John stand auf und winkte in Richtung Tür.

„Geh jetzt, Rachel. Es reicht.", sagte er, seine Tonlage fest, mit brodelnder Wut unter der Oberfläche.

Es beeindruckte ihn beinahe, dass sie sich nach allem, was passiert war, noch traute hier aufzukreuzen.

Rachel schnaubte ungläubig.

„So nachtragend? Für schrecklich sentimental hätte ich dich nicht gehalten. Beruhige dich, immerhin lebt sie doch. Noch."

Mit einer flüssigen Bewegung zog Johnathan einen schmalen Dolch aus deiner Hosentasche und drängte Rachel an das Bücherregal am anderen Ende des Zimmers.

„Ist das eine Drohung?", knurrte er, mit zusammengebissenen Zähnen. Seine Finger hielten die Klinge an Rachels Kehle. Ruhig, kalkulierend.

Sie schien sich nicht daran zu stören.

„John, ich bin es. Rachel. Wir sind aufgewachsen wie Geschwister, ich gehöre zur Familie."

„Ich hab noch nie besonders viel auf Geschwister gehalten."

Sie grinste ihn provokant an, selbstverliebt, wie sie es immer schon gewesen war.

„Willst du mich umbringen? Gleich hier? Was würde Daddy nur dazu sagen?"

Der Gedanke an seinen Vater ließ ihn widerstrebend von ihr ablassen.

„Verschwinde jetzt. Ich rate dir, nicht wiederzukommen."

Rachel trat an ihn heran, legte ihre Hände auf seine Brust und flüsterte ihm munter ihre Abschiedsworte ins Ohr.

„Ich werde wiederkommen. Das weißt du doch."

Dann ging sie an ihm vorbei, zur Tür hinaus.

Johnathan setzte sich an seinen Schreibtisch, die Hände über dem Kopf zusammenschlagend.

„Ich hätte sie abstechen sollen, als ich die Gelegenheit dazu hatte.", seufzte er.

Er hatte es doch immer gewusst.

Nur eine tote Familie war eine gute Familie.

Kapitel 4

Louise wurde von einer frostigen Kälte geweckt. Sie drehte sich um, die Augen halb geöffnet und tastete nach ihrer Bettdecke. Sie griff ins Leere. Verwirrt setzte Lou sich auf. Sie lag nicht in ihrem Bett.

Um sie herum war nur Schwärze. Eine eiskalte, undurchdringliche Dunkelheit. Mühevoll stand sie auf, der Boden fühlte sich glatt und hart unter ihren nackten Füßen an. Ihre Gliedmaßen begannen zu zittern und langsam setzte sie ein Bein nach vorne. Die komplette Blindheit machte ihr Angst.

Ihre Schritte erzeugten kein Geräusch. Ohnehin, konnte sie nichts anderes hören, als ewige Stille.

„Hallo?"

Louise spürte in ihrer Kehle, dass ein Wort ihren Mund verließ, doch wurde der Ton verschluckt vom Nichts. Sie hörte sich selbst nicht.

Schritt um Schritt lief sie, erst vorsichtig, dann immer schneller. Sie rannte und rannte, bis ihre Füße schmerzten und ihre Lungen brannten.

Erschöpft brach Lou schließlich zusammen, mit Knien und Händen stützte sie sich auf dem Boden ab.

In dieser Lage, auf dem Boden kniend, zitternd und weinend realisierte sie, dass es sich um einen Alptraum handeln musste. Warum erwachte sie nicht?

Dann begann es zu regnen. Schwere Wassertropfen schlugen auf Louise ein und innerhalb weniger

Sekunden waren ihre Haare und Kleidung vollkommen durchnässt. Wind kam auf.

Lou erhob sich, um nicht in der Pfütze sitzen zu müssen, die sich unter ihr bildete und blinzelte. Da, von ganz hinten schien ein Lichtstrahl zu kommen. Louise rannte erneut los.

Je weiter sie kam, desto heller wurde das Licht und sie hob einen ihrer Arme vor ihr Gesicht, um nicht geblendet zu werden. Es war ihr egal. Die schmerzhaft brennende Helligkeit war so willkommen, nach der Ewigkeit, die sie in der Dunkelheit zugebracht hatte. Immerhin konnte Lou jetzt ihre Umgebung ausmachen. Sie blieb abrupt stehen.

Sie war so abgelenkt von dem Leuchten gewesen, dass sie nicht gemerkt hatte, wie sich das Terrain unter ihren Füßen verändert hatte. Statt des glatten und harten Untergrunds stand sie nun auf Sand. Ihre Zehen gruben sich unfreiwillig in den nassen Matsch und machten dabei kleine ‚Patsch'- Geräusche. Hinter und neben ihr war nichts als Sand, vor ihr lag das Meer.

Louise stand an einem Strand.

Noch bevor sie weitere Details erkennen konnte, wurde sie von einer unsichtbaren Kraft gepackt und in die Luft gehoben. Ihr Körper wurde gewaltsam über die tiefen Weiten des Meeres gezogen, mehre Meter in der Luft schwebend. Der Wind wirbelte ihre schwarzen Locken umher. Eine eisige Gänsehaut breitete sich über ihren Körper aus. Hohe Wellen schlugen auf das Ufer ein, Louise konnte es von oben betrachten.

Das Wasser war blau, doch unruhig. Es war ihr nicht möglich, unter die Wasseroberfläche zu blicken. Das Rauschen des Meeres, der Wind, die Luft. Für einen Moment war die Szenerie von friedlicher Schönheit geprägt.

Dann fiel Lou.

Mit einer rasenden Geschwindigkeit kamen ihr die Wassermaßen näher, ohne dass sie hätte reagieren können. In einer Sekunde schrie sie noch, in der nächsten füllten sich ihre Atemwege mit dem salzigen Nass des Ozeans.

Sie erwachte.

Nach einer kalten Dusche, um den Schweiß und Horror der letzten Nacht loszuwerden, stand Louise vor der Frage, was zu tun war.

Louise hatte immer noch nicht die geringste Ahnung, wo sie eine Spur zum Medaillon herbekommen sollte. Außerdem bekam sie Julian nicht aus dem Kopf und Daphne und die Frage, ob das Medaillon ihr Leben tatsächlich für immer verändern würde und ob es etwas gab, dass sie bereuen würde, wenn das Ende nahte. Ihre Gedanken waren düster an diesem Morgen, aber sie kam letztendlich zu einem Entschluss.

Es gab eine Person, mit der sie reden wollte, bevor geschah, was auch immer geschehen würde.

Tante Grace. Louise lächelte sanft, als ihre Erinnerungen sie erfüllten.

Seit Jahren hatte Lou nicht mehr an ihre Familie zurückgedacht, immerhin war es zehn Jahre her, dass sie mit sieben Jahren davongegangen war und sich geschworen hatte, niemals wieder zurückzukehren.

Vor ihrem inneren Auge, sah sie die orangeroten Flammen, die aus dem Haus ihrer Eltern aufstiegen und ihre leblosen Körper verschluckten. Was ihr Bruder wohl mittlerweile trieb? Ob er noch lebte? Wenn Louise ehrlich zu sich war, interessierte sie das nur wenig.

Tante Grace jedoch...

Der Gedanke an sie schmerzte Lou. Sie hatte nie wirklich die Möglichkeit bekommen, sich von Grace zu verabschieden. Vielleicht war es endlich Zeit dies zu tun.

Erschöpft aber entschieden verließ Louise das Gebäude, nur um auf der gegenüberliegenden Straßenseite ein bekanntes Auto zu sehen.

Kopfschüttelnd stieg sie zu Anne in den Wagen ein.

„Guten Morgen, Anne."

Anne blieb still und fuhr ohne weiteres los. Nach über zehn Jahren Freundschaft fragte Lou sich nichts mehr, wenn es um Anne ging. Das Kind war merkwürdig und wusste zu viel, man lernte jedoch ihn nicht zu hinterfragen. Man würde ohnehin keine verständliche Antwort aus ihm herausbekommen.

Louise verbrachte gerne Zeit mit Anne, denn es war irgendwie tröstlich nicht reden zu müssen. Mit Anne war entspanntes Schweigen so viel natürlicher, als jedes Gespräch.

Die endlosen Häuserreihen zogen an ihnen vorbei und wurden irgendwann abgelöst durch weite Felder und dichte Laubwälder. Schmale Flüsse schlängelten sich zwischen sanften Hügeln hindurch.

Manchmal fragte Lou sich, wie England ausgesehen hatte, bevor die Magier gekommen waren.

Johnathan hatte ihr erzählt, wie die Magier nach den Kriegen alle Länder der Welt niedergebrannt und neu aufgebaut hatten. Wie sie Wälder gepflanzt hatten, wo vorher Wüsten gewesen waren, wie sie Gebirge geschaffen hatten, wo vorher Wiesen gewesen waren und Städte errichtet hatten, wo vorher nichts als Leere gewesen war.

Louise war sich nicht sicher, wie viel sie davon glauben sollte, immerhin war London immer noch London und soweit sie wusste schon immer London gewesen. Doch der Gedanke, dass die Magier die Landschaft nach ihren Wünschen erschaffen hatten, war beeindruckend.

Anne und Louise erreichten nach etwa einer Stunde den kleinen Vorort, in dem sie beide vor vielen Jahren aufgewachsen waren.

„Warte Anne, halt an.", bat Lou, als sie an dem verlassenen Marktplatz vorbeifuhren. Anne hielt an.

Die Stadt war komplett unbewohnt, die Unbegabten, die sich hier versteckt hatten, waren schon vor Jahren gefunden worden.

Beinahe mechanisch lief Louise am Brunnen vorbei, über die schmale Straße, durch die leerstehenden Wohnhäuser hindurch. Die meisten Familien, die hier gelebt hatten, hatte Lou gekannt.

Da war das alte Ehepaar, das in dem hellroten Haus gewohnt und sie stets zum Tee eingeladen hatte, die alleinerziehende Mutter mit drei Kindern und der alte Pastor mit seiner Familie, der neben der kleinen Kirche gelebt hatte. Manchmal war Louise alleine zum Gottesdienst gegangen, ihre Familie war nie religiös gewesen, aber als sie noch jünger gewesen war, hatte der Gedanke, jemand würde auf sie aufpassen, sie beruhigt.

Kindliche Naivität.

Der Einzige, der auf Louise aufpasste, war sie selbst. Lou erinnerte sich auch daran, wie sie aufgehört hatte in die Kirche zu gehen, weil der Pastor sie immerzu gefragt hatte, wo ihre blauen Flecken und Kratzer hergekommen waren und sie nicht den Mut gefunden hatte, ihm zu sagen, dass ihr Vater sie hasste.

Anne lief hier hinterher, bis sie Louises altes Elternhaus erreichten oder das, was davon noch übrig war.

Die Kindheitserinnerungen waren erdrückend.

Lou dachte daran, wie sie die, mittlerweile längst verdorrten, Pflanzen gegossen hatte, wie sie im Vorgarten Lesen geübt hatte, wie sie stundenlang auf den Treppen zum Eingang gehockt und darauf gewartet hatte, dass ihr Bruder nach Hause kam.

Je näher sie kamen, desto stärker wunderte Louise sich, dass dieses Gebäude noch nicht eingestürzt war. Die Spuren der kleinen Explosion waren noch deutlich zu erkennen. Die Tapeten an den Wänden kamen halb herunter und waren mit schwarzem Ruß bedeckt, ebenso wie die Böden. Die Möbel, die Bilder und die Dekoartikel, die ihre Mutter ständig ins Haus geschleppt hatte, waren durch die Druckwelle herumgeworfen worden.

Sie trat von Raum zu Raum dieser trostlosen Ruine.

Denn es war nicht mehr als das. Eine Ruine.

Louise bereute hergekommen zu sein, doch sie konnte nicht einfach wieder gehen. Ihre Füße trugen sie weiter ins Haus hinein, Anne folgte ihr stumm.

Überraschender Weise trug die knarzende Treppe sie zuverlässig nach Oben.

Die Folgen des Brandes waren auch hier erkennbar, hatten aber tatsächlich das meiste Mobiliar verschont, über das sich nun eine dicke Staubschicht zog. Lou schob sich durch den schmalen Flur und betrat ihr altes Kinderzimmer.

Es war kein besonders großer Raum.

An einem Ende stand ein Kinderbett, darüber ein Fenster, an der anderen Wand ein großer Schrank und in der Mitte ein grüner Teppich. Dort wo sie als Kind drangekommen war, war das hässliche Gelb der Wände mit Blau und Weiß übermalt worden. Damals hatte sie versucht damit den Himmel nachzuahmen, heute sah es eher aus, wie ein missglücktes Kunstprojekt.

Ihr Vater war ziemlich wütend gewesen, als er Lou erwischte hatte, wie sie mit großen Farbtöpfen ihr Zimmer umgestaltet hatte.

„Das reicht Anne, lass uns zu Tante Grace fahren.", beendete Louise ihren kleinen Ausflug in die Vergangenheit mit knappen Worten.

Was auch immer sie gehofft hatte, hier zu entdecken, sie hatte es nicht gefunden.

Sie verließen das Haus und bahnten sich ihren Weg zurück zum Auto.

Es dauerte nur wenige Minuten, bis sie aus der Ferne das alte Landhaus sahen, in dem Tante Grace lebte.

Anne fuhr nicht bis an das Haus heran, er parkte den Wagen an einem kleinen Waldstück. Sie stiegen aus und liefen den überwachsenden Trampelpfad entlang in den Wald.

Der Weg zu Tante Grace führte sie vorbei an der Lichtung, an der Louise Johnathan zum ersten Mal begegnet war. In der Lichtung war ein Teich, der genauso still dalag, wie damals. Am Ufer stand eine alte Holzhütte. John hatte sie dort erbaut, sein erstes Weihnachtsgeschenk an Lou.

Die Tür war verriegelt, aber das Holz war alt und brach unter ihrem Körpergewicht leicht auseinander. Niemand schien die Hütte betreten zu haben, seit Lou sie zum letzten Mal verlassen hatte. All die Bücher, Blätter und Stifte, die auf dem Boden verteilt waren, der runde Teppich, die bunte Hängematte, das dunkle Klavier und die Tatsache das nichts davon während ihrer Abwesenheit den Platz gewechselt hatte, ließ Lou einige Sekunden lang erstaunt im Türrahmen stehen.

In dieser Hütte hatte sie ihre ersten Schritte in Richtung Magie gemacht.

Sie hatte gelernt wie man Französisch sprach, wie man richtig Klavier spielte, wie man las und schrieb.

In dieser Hütte hatte ihr Johnathan Mozart vorgespielt, er hatte ihr Geschichten vorgelesen, ihr beigebracht wie man eine Waffe benutzte, wie man einen Handstand machte, wie man eine Schleife band.

Nach und nach hatte er in dieser Hütte Louises Vertrauen gewonnen, ein Vertrauen was nun fast an seine Grenzen zu stoßen schien.

Beim Eintreten stieß Louise sich um ein Haar den Kopf am niedrigen Türbalken und stolperte über die verstreuten Lehrbücher. Willkürlich hob sie eines davon auf und blätterte es durch.

Kaum zu glauben, dass sie damals voller Begeisterung die ganzen Dinge gelernt hatte, die nun für sie wie selbstverständlich zum Alltag dazugehörten. Sie war aufgewachsen mit der festen Überzeugung, dass an ihr absolut nichts besonders war.

Jetzt stand sie dort und dachte an alles, was sich seitdem verändert hatte.

Lou stand lange dort, blätterte nostalgisch alte Lehrbücher durch, überflog die Notenblätter, die noch auf dem Klavier lagen, und spielte eine kleine Melodie auf Johns abgegriffener Gitarre.

Anne war nicht hereingekommen und Louise war dankbar dafür. Dieser Abschied gehörte nur ihr.

Louise stand auf, klopfte sich den Staub von der Jeans, schloss die Augen und atmete tief durch.

Es war an der Zeit zu vergessen. Diesmal wirklich für ein und alle mal. In dem Wissen, dass sie niemals wieder, solange sie lebte an diesen Ort zurückkehren würde.

Als die Tür hinter ihr zufiel, fühlte sich ihre Entscheidung zum ersten Mal endgültig an.

Anne saß am Seeufer, die Hände im Gras vergraben, die Füße ins kalte Wasser tunkend. Oft fand Louise, dass Anne aussah, wie ein Elf, den sie aus einer blühenden Fantasiewelt gestohlen hatten. Wunderschön und elegant, doch immer mit dem Gefühl, er würde nicht so recht in diese Welt passen.

„Komm, Anne. Es wird spät."

Anne und Lou bahnten sich ihren Weg durch den Wald, dann einen schmalen Bürgersteig entlang und schließlich stiegen sie den Hügel hinauf, zu Tante Graces Einfahrt.

Das Landhaus war wunderschön, die weiße Fassade und die grünen Fensterläden wirkten, wie aus einer romantischen Komödie geklaut. Drei Stufen führten hinauf zur Veranda.

Die Vorhänge hinter den großen Fenstern des Erdgeschosses waren zugezogen, der Haupteingang verschlossen. Louise klopfte.

Tante Grace sah aus, wie Lou sie in Erinnerung hatte, wenn auch ein wenig älter. Ihre blonden Haare trug sie locker zurückgebunden und die dicke Brille saß ihr schief auf der kleinen Stupsnase.

Sie strahlte.

„Meine Güte. Ich freue mich, euch zwei wiederzusehen!"

Sie war weniger überrascht sie zu sehen, als Louise erwartet hatte, aber zumindest schien sie sich über den Besuch zu freuen.

„Ich weiß, es ist eine Weile her. Können wir reinkommen?"

Tante Grace winkte sie in die Eingangshalle.

„Natürlich, natürlich. Kommt rein. Hier setzt euch.", rief Grace aufgeregt und schubste sie sanft in Richtung Küche.

Im Inneren sah das Haus nicht weniger beeindruckend aus, als von außen. Die Decken waren hoch und die Wände geschmückt mit schlichten Verzierungen und wertvollen

Kunstwerken. Durch die zahlreichen Fenster drang viel Sonnenlicht und jeder einzelne Raum leuchtete voller Licht und Wärme.

„Das Haus hat sich nicht verändert.", bemerkte Louise und setzte sich neben Anne an den Küchentisch.

Anne sah sich neugierig um, dabei war er etwa genauso oft hier gewesen, wie Louise selbst. Annes Waisenhaus hatte sich in derselben Straße befunden, in der auch Lou aufgewachsen war und jedes Mal, wenn Lou über den Sommer zu ihrer Tante aufs Land gefahren war, hatte sie Anne mitgenommen.

„Nun, ich verbringe meine Tage ziemlich einsam hier oben. Es beruhigt mich zu wissen, dass hier alles so bleiben kann, wie es immer schon war."

Grace setzte Tee auf und stand an die Küchentheke gelehnt, mit den schmalen Fingern ungeduldig auf der Arbeitsplatte tippend.

„Das klingt ehrlich gesagt etwas langweilig.", gab Louise zu, bei der Vorstellung ganz alleine Tag für Tag im immer gleichen Haus zu leben.

„Sagst du, mit deinen 17 Jahren. Aber ich werde alt, Eve. Und mit aller Liebe, es hat in meinem Leben genug Aufregung für meinen Geschmack gegeben.", erwiderte Grace und ihre Züge versteiften sich für einen kurzen Moment.

Doch Lou wurde von etwas anderem abgelenkt.

„Es ist lange her, dass ich diesen Namen gehört habe."

„Eve? Oh ja, John hat ihn nie gemocht, deine Mutter hat ihn ausgesucht. Evangeline. Ich finde den

Namen doch immer noch ganz schön. Louise war der Name deiner Urgroßmutter, dein Vater hat darauf bestanden, dass dies dein Zweitname werden soll. Wo er doch sonst nie die Vaterrolle gespielt hat, das war ihm wichtig."

Während Tante Grace sprach, drifteten Lous Gedanken zurück zu Johnathan. Der ganze Kram über ihre Familie und ihren Namen interessierte sie eher weniger aber...

„Was meinst du, wenn du sagst John hat den Namen nie gemocht?"

Graces Wangen färbten sich rosa und ihre Augen kniffen sich zusammen.

„Ach, du weißt schon. Ich habe das ein oder andere Mal mit ihm darüber gesprochen."

„Du kennst ihn?", fragte Lou nach.

„Kennen? Nein, ich kenne ihn nicht. Ich habe ihn bloß getroffen, weil er an dir und deinen Talenten interessiert war. Das weißt du doch noch."

Sie log. Louise konnte es in der Art sehen, wie Tante Grace den Blick abwandte. Ihre Tante war eine miserable Lügnerin, war sie schon immer gewesen. Manche Menschen waren einfach zu gut, um gut darin zu sein, andere zu hintergehen.

„Es klang nur so, als hättest du ihn schon früher gekannt. Hat meine Mutter ihn gekannt?", stocherte Louise tiefer und beobachtete, wie Grace leicht zusammenzuckte.

„Nein, woher denn auch? Aber ich will nicht von mir reden, es gibt sicherlich einen Grund, aus dem ihr hier seid, nach all der Zeit."

Louise beließ es dabei. Zunächst. Sie nahm den Tee an, den Grace ihr reichte und Anne nahm seine Tasse ebenfalls. Annes Ausdruck war angespannt. Er mochte es nicht, wenn Leute in seiner Nähe logen. Warum schien es, dass plötzlich jeder Geheimnisse vor ihr bewahrte?

Wie schon am Tag zuvor verlief dieses Treffen nicht so, wie Louise es sich vorgestellt hatte und schon wieder machte sich dieselbe dunkle Vorahnung in ihrer Magengegend breit.

„Es ist nichts Bestimmtes."

Sie wollte nicht mehr mit Grace über irgendwelches Zeug reden, wenn sie sich nur fragte, was vor ihr verborgen wurde. All die Geheimnisse. Wo kamen sie nur alle auf einmal her?

Lou trank stumm ihren Tee.

„Ich hoffe John behandelt dich gut."

Louise zuckte mit den Schultern. Grace merkte, dass sie Lou verstimmt hatte. Sie setzte sich und sah ihre Nichte mit einem entschuldigenden Ausdruck an.

„Er tut was nötig ist.", schob Louise nach.

Grace runzelte die Stirn. Lou war klar, dass sie etwas Beruhigenderes hätte sagen können, aber es fiel ihr nichts ein. Wenn doch sonst niemand ehrlich war, konnte wenigstens sie der Wahrheit treu bleiben. Bis zu einem gewissen Grad.

Denn als Tante Grace fragte: „Er passt auf dich auf, nicht wahr?", antwortete Lou mit einem: „Ja, natürlich.".

Dabei war sie im Augenblick eher vom Gegenteil überzeugt. Aber was hatte ihre Tante schon damit zu tun?

Also tranken sie Tee und redeten übers Wetter, über ehemalige Sommer, über Familie. Bis Louise genug hatte und aufstand. Sie konnte die Belanglosigkeit nicht länger aushalten.

Sobald sie sich mit leeren Versprechungen auf ein baldiges Wiedersehen von Tante Grace verabschiedet hatten und die Haustür hinter ihnen zuschlug, wandte sich Lou zu Anne. Das war nicht der Abschied, den Louise sich gewünscht hatte.

„Was zum Teufel war das?"

„Sie hat uns angelogen.", stellte Anne fest und obwohl seine Stimme ruhig und freundlich war wie immer wusste Louise, wie viel Frustration tatsächlich dahinter steckte.

„Was denkst du, was wir tun sollten?", wollte Lou wissen.

Sie liefen nebeneinander zurück den Hügel hinunter, doch blieben im Wald stehen, sobald sie sich sicher sein konnten, dass man sie aus keinem der Fenster des Landhauses mehr sehen konnte.

„Wir warten bis es Nacht wird.", sagte Anne bloß und setzte sich auf die Wurzeln einer großen Eiche. Und so warteten sie.

Louise wusste es besser, als Anne infrage zu stellen.

Anne war ein Genie und niemand der ihn jemals getroffen hatte, würde das leugnen. Seit Lou ihn kannte, besaß Anne die Fähigkeit Gedanken zu lesen. Niemand hatte sich erklären können, woher er das konnte, denn Gedankenlesen war zwar mit der Kraft von Magie möglich, jedoch eine sehr schwierige und anstrengende Disziplin, die nur wenige Magier in ihrem Leben erlernten.

Anne hatte nicht lernen müssen wie man es tat, es passierte einfach.

Allgemein war es ein Rätsel, wie Annes Magie funktionierte und wo sie herkam. Von seinen anderen Merkwürdigkeiten ganz abgesehen. Wenn man ihn fragte, zuckte er nur mit den Schultern. Es sei eben schon immer so gewesen, sagte er.

Für Johnathan hatte dies eine Herausforderung dargestellt, da er sich nie sicher war, wie er Anne etwas über Magie beibringen sollte, denn es schien nicht notwendig zu sein, ihm etwas über Magie beizubringen.

Am Ende ließen sie Anne einfach Anne sein.

Und wenn Anne etwas sagte, was selten genug vorkam, dann hörte man besser auf ihn.

Es wurde dunkel um sie herum und Louise, der mit einem Schlag die Bilder aus ihrem Alptraum wieder einfielen, beschwor ein paar schwebende Lichter, die vom Wind hin und her geschaukelt wurden und um die Äste der Bäume tanzten.

Erst als die Kälte begann, Lous Zähne zum Klappern zu bringen, stand Anne auf und lief wortlos los. Louise folgte ihm zum zweiten Mal hinauf, zu dem Landhaus.

Anne zeigte hinauf zu einem halb geöffneten Fenster im zweiten Stock.

„Sie sammelt ihre Briefe in einer Kommode im Schlafzimmer, die mit dem Kerzenständer darauf. Mach dir keine Sorgen, sie schläft tief."

„Mach dir keine Sorgen.", murmelte Louise und griff nach einer der Säulen, die vom Gitter der Veranda zum Vordach führten.

In das Haus ihrer Tante einbrechen war ein neuer moralischer Tiefpunkt für Lou, aber wenn Anne ihr dazu riet, musste es die einzige Möglichkeit sein. Sie liebte Grace mit ganzem Herzen, doch einige Dinge waren zu wichtig, um darauf Rücksicht zu nehmen.

Mit einem leichten Hieb schwang sie sich auf das Vordach und hob ihre Hand, um lautlos das Fenster öffnen zu lassen. Zum Glück war es nicht gegen Magie verriegelt, das machte es einfacher.

Louise setzte ihre Füße leise auf den Teppichboden ab. Grace lag in ihrem Bett, ihre Brust hob und senkte sich regelmäßig.

Die gesuchte Kommode stand gegenüber vom Bett. Lou griff nach einer der Schubladen und zog daran. Abgeschlossen.

Verflucht Anne, das hättest du erwähnen können.

Mit Magie ließ sich da so leicht nichts machen, Louise brauchte es erst gar nicht zu probieren. Das Holz gab einen leichten magischen Impuls ab, was entweder bedeutete, die Schlösser waren magisch verriegelt oder die Kommode war von sich aus magisch. So oder so, es würde in dieser Situation aufs Gleiche hinaus kommen.

Lou hatte keine Dietriche dabei, schließlich hatte sie nicht damit gerechnet heute noch ein Schloss aufbrechen zu müssen. Sie überlegte.

Wenn das Schloss magisch war, war es der dazu gehörende Schlüssel vielleicht auch.

Louise konzentrierte sich. In dem Haus gab es mehrere magische Impulse, in allen unterschiedlichen Arten und Stärken. Merkwürdig. Grace hatte ihr nie erzählt, dass sie Magierin war und warum sollte es im Haus eines Unbegabten vor Magie strotzen? Davon durfte sie sich jetzt nicht aufhalten lassen, wundern tat es sie trotzdem. Ein Problem für einen späteren Zeitpunkt.

Sie musste den Impuls finden, der zu dem der Kommode passte.

Und siehe da, ein kleines Fiepsen schien aus dem Badezimmer zu dringen, dasselbe Fiepsen, welches Lou auch von der Kommode vernommen hatte.

Im Badezimmer sah sie dann das vertraute Licht des Magieimpulses.

John hatte ihr einmal gesagt, dass diese Impulse für die meisten Magier sowohl unsichtbar als auch stumm waren. Nur jene, welche die Kunst der Magie wahrhaftig verstanden, konnten die kaum vorhandenen Hinweise wahrnehmen, die Magie ihnen hinterließ.

Ein kleiner silberner Schlüssel fiel Louise in die Hände, als sie in den Spiegelschrank über dem Waschbecken hineinsah und sie kehrte zurück ins Schlafzimmer, um das Geheimnis der Schubladen zu lösen. *Knack.*

Das Innere der Kommode war ausgekleidet mit einem samtartigen Stoff. Sie hatte vier getrennte Schubladen.

In der ersten fand Lou eine goldene Halskette, an der ein einzelner runder Anhänger mit einer Gravur hing. „Für immer und ewig.", las Lou leise vor und steckte die Kette ein. Daneben fand sie noch andere Schmuckstücke und kleine Dinge, die sie nicht weiter interessierten.

In der zweiten fand sie Bilder. Mit gerunzelter Stirn nahm sie einige Blätter des Stapels heraus und erstarrte. Johnathans Zeichnungen würde sie immer wiedererkennen. Auf jeder Zeichnung, die Louise ansah, befand sich das gleiche Motiv. Tante Grace. Unsicher, was sie damit anfangen sollte legte sie die Papiere wieder zurück.

In der dritten und vierten Schublade fand Lou dann die besagten Briefe, von denen Anne gesprochen hatte.

Sie nahm einige davon die interessant wirkten und fertigte magische Kopien an, bevor sie alles wieder an den richtigen Ort legte und die Kommode verschloss.

Louise brachte den Schlüssel zurück, warf noch einen letzten Blick auf die schlafende Grace und stieg aus dem Fenster zurück, hinunter zu Anne.

Sie hatte hier keinen Abschied von ihrer Vergangenheit gefunden. Vielleicht war das auch besser so.

Nach all den Türen, die sie für immer geschlossen hatte, war es da wirklich verwerflich sich eine letzte offenzuhalten? Ein kleiner Teil von ihr würde in diesem Haus zurückbleiben.

„Lass uns gehen Anne.", verkündete Lou und seufzte tief. Sie musste sich eingestehen, dass sie ein wenig enttäuscht von sich selber war. Trübsal blasen brachte sie allerdings nicht weiter.

„Hier gibt es für uns nichts mehr zu holen."

Kapitel 5

Ja, es stimmt. Meinen Männern ist es vor wenigen Wochen gelungen das Medaillon zu finden.
All die Zeit, die wir dafür verwendet haben ist Nichts, im Vergleich zu den Menschenleben, die es gekostet hat. Doch jetzt ist es hier. Nun, nicht genau hier.
Ich habe mich nicht getraut, das Medaillon in die Nähe meiner Familie zu lassen. Rebecca und ich wollen heiraten und Kinder aufziehen, Helena, da kann ich so etwas nicht gebrauchen.
Mit dem Geld, welches die Regierung mir zur Verfügung stellte, habe ich in Frankreich ein Institut mit einigen sehr fähigen Mitarbeitern errichten lassen. Das Medaillon wird dort unter Verschluss gehalten und untersucht. Bisher hat es dabei keine Probleme gegeben.
Lass uns beten, dass John dieses verfluchte Ding niemals in seine Hände bekommt.
Melde dich, sobald du kannst, ich vermisse dich hier im kalten Norden,

Nic.

Louise rieb sich die müden Augen.
Zum zehnten Mal hatte sie diesen einen Abschnitt jetzt bereits gelesen und noch immer kam er ihr vollkommen unsinnig vor.

Nicht, dass der Rest des Briefes oder der anderen Briefe mehr Sinn ergeben hätten. Nur eines wurde

Lou immer klarer: Man verheimlichte mehr vor ihr, als sie jemals hätte ahnen können.

Sie hatte die Briefe so oft gelesen, dass nun die ersten Sonnenstrahlen des Morgens durch die großen Fenster brachen. Louise würde heute wohl nicht mehr schlafen.

Das Klingeln des Telefons schreckte sie auf. Sie ging ran.

„Hallo?", hustete sie, ihre Stimme belegt mit Müdigkeit.

„Hey. Ich bin mir nicht sicher, ob wir im Moment miteinander reden, aber du solltest einen Blick in die Zeitung werfen."

Julian legte auf bevor Lou noch etwas sagen konnte. Seine abweisende Art schmerzte sie, aber sie konnte ihm keinen Vorwurf machen.

Sie hing das Telefon weg und holte sich die Tageszeitung von der Türschwelle.

Louise wurde übel.

Fassungslos starrte sie die erschreckend detaillierte Abbildung des Medaillons an, über der in fettgedruckten Buchstaben die Überschrift des Titelblattes stand: *Warum wir in unserem Land nicht mehr sicher sind.*

Auf den ersten Schock folgte eine Schlussfolgerung. Und darauf folgte Panik.

So schnell wie es ihr möglich war, jagte Lou ihren Kleinwagen durch die Straßen Londons. Sie machte keinen Halt, als sie das Ortseingangsschild zu Samuels Viertel passierte und unbehelligte Passanten sprangen ihrem Wagen aus dem Weg, als sie durch die feiernde Menschenmenge raste.

Sie stoppte das Auto erst, als es zu voll wurde um auch nur einen Meter weiterzukommen, stieg aus und ging schnellen Schrittes den ganzen Weg, bis zu Samuels Büroräumen.

Der lächelnden Dorea winkte Louise abgelenkt zu, dann schob sie ruckartig den letzten Vorhang zur Seite und betrat, ohne eine Erlaubnis abzuwarten, das Büro. Lous Puls war gefährlich hoch und sie überging die Begrüßung, das Knien und das ganze restliche Theater. Dafür war jetzt kein Platz.

Samuel schien sich nicht an ihrem unhöflichen Auftreten stören. Er saß in seinem Sessel, wie auf einem Thron, in lange dunkelgrüne Gewänder gekleidet. Sein Haar stand ab in alle Richtungen und leuchtete in demselben glitzerndem Violett, wie seine Lippen.

Er wirkte entspannt, doch seine Augen funkelten in einem bedrohlichen Rot.

„Ich habe dich nicht erwartet."

Die melodische Trägheit seiner Sprechweise erschwerte es Lou erheblich Haltung zu bewahren.

Sie verschluckte beinahe ihre Zunge bei dem Versuch, den Ärger zu verbergen, als sie sprach.

„Mein Lord, verzeiht mir. Ich verstehe nur nicht was vor sich geht. Sie haben die Öffentlichkeit über ein gefährliches, schwarzmagisches Artefakt informiert?"

Keine Reaktion zeigte sich in Samuels Gesicht.

„Ja.", antwortete er, sein Mund bewegte sich kaum.

„Wenn ich fragen darf, mein Lord. Warum nur haben Sie das getan?"

Samuel regte sich nicht. Er starrte durch sie hindurch, als würde er gar nicht mit Louise reden, sondern mit der Wand hinter ihr.

„Die wichtigere Frage ist doch, warum nicht?"

„Ich verstehe nicht ganz."

„Ich habe meine Gründe. Nur, frage ich mich, warum es dich stört? Du hast nicht das Recht, meine Pläne anzuzweifeln, ob du sie nun kennen magst, oder nicht. Willst du mir sagen, du bist all den Weg hierhergekommen, um dich zu beschweren, ohne Grund? Woher weißt du überhaupt von dem Medaillon?"

Natürlich. John hatte Samuel nichts davon erzählt, dass er die Gruppe damit beauftragt hatte, das Medaillon zu finden. Sie hatte in ihrer Eile einen Fehler gemacht. Samuel musste nun ahnen, dass das Medaillon für sie eine persönliche Rolle spielte. Konnte er dadurch auf Johnathan schließen? Wie schwerwiegend war ihre fehlerhafte Rechnung? Den Rest verstand Louise nicht. Sie wusste weder was Samuel mit dem Medaillon vorhatte, noch, was das mit der allgemeinen Bevölkerung und dem Wissensstand der Allgemeinheit über dieses Objekt zu tun hatte.

„Verzeiht mir, mein Lord. Ich war nur überrascht.", murmelte Lou wissend, wie verlogen sie klingen musste.

Louise hatte sich von irrationalen Bedenken erfüllen lassen.

Eine drückende, viel zu langanhaltende, Stille folgte, bevor Samuel sie mit einer Handbewegung entließ.

Sie entschuldigte sich erneut, verbeugte sich und verschwand.

Lou bereute hergekommen zu sein, aber das war ja nichts Neues. Seit sie vom Medaillon gehört hatte, schien sie einen Fehler nach dem anderen zu machen. Die Konsequenzen dieser Unterhaltung würden sie noch einholen, dessen war sie sich sicher.

Es war an der Zeit ein paar kluge Entscheidungen zu treffen. Das konnte nur eines bedeuten: zu Frank.

Frank empfing sie mit einer frischen Kanne Tee und einer engen Umarmung.

„Nachdem wir gestern auseinandergegangen sind, war ich mich nicht sicher, ob du mich so schnell wiedersehen willst."

Lou überkam eine Welle von Mitgefühl. Sie hatte sich Frank gegenüber unfair verhalten und ihn damit offensichtlich härter getroffen, als beabsichtigt.

„Ich... es tut mir leid. Es ist nur alles so...es ist so...", stammelte sie, nicht in der Lage die richtigen Worte zu finden. Frank winkte ab.

„Ist schon gut. Was bringt dich heute her?"

Gute Frage.

Eigentlich sehnte sich Louise nur nach einer normalen Unterhaltung, oder nach jemandem, der ihr versprach, dass sie sich umsonst Sorgen machte und alles schon gut werden würde.

Ahnend, dass so etwas nicht möglich war, brannte ihr stattdessen zunächst ein anderes Thema auf der Zunge.

„Weißt du etwas darüber, ob Johnathan meine Tante Grace kennt? Ich meine, besser kennt, als ich dachte."

Lou wusste, dass Grace sich ein paar Mal mit John unterhalten hatte. Damals, als sie die Sommer noch bei ihr auf dem Land verbracht hatte und der mysteriöse Fremde an ihre Tür geklopft hatte, um ihr Magie beizubringen und auch danach, als sie nach dem Tod ihrer Eltern zwei Jahre lang bei Grace gelebt hatte.

Die Dinge, die sie gefunden hatte und die Art, wie Grace sie mit Verlegenheit im Gesicht angelogen hatte, brachten Louise zu dem Schluss, dass John und Grace sich kannten. Also wirklich kannten.

Zu ihrer Überraschung wirkte Frank, als hätte er diese Frage erwartet. Er nickte verstehend.

„Ich habe gewusst, dass du es eines Tages herausfinden würdest.", meinte Frank und seufzte, „Johnathan ist nicht ganz so gut darin Geheimnisse zu verstecken, wie er denkt."

„Was meinst du damit? Was ist mit John und Grace?"

„Na schön. Ich werde dir erzählen, was ich über die Beiden weiß, aber sag bloß niemandem, dass du es von mir hast."

Frank seufzte erneut.

Louise sah ihn durchdringend an und lehnte sich ein Stück vor, um seine heisere Stimme besser hören zu können und bloß kein Wort zu verpassen.

„Du musst wissen Lou, dass deine Mutter tatsächlich eine Schwester hatte. Die ist allerdings vor Jahren an einer Lungenkrankheit verstorben. Lange vor deiner Geburt. Die Frau, die du als Grace kennst, hat bloß ihren Platz eingenommen. Ihr Name ist Helena."

78

Helena. Louise schluckte.

„Was?", sprach sie den ersten Gedanken aus, der ihr kam.

Sie hatte Frank durchaus gehört. Ihr Verstand konnte es nicht verarbeiten. Es ergab keinen Sinn, oder etwa doch? Die Briefe kamen ihr in den Sinn.

Sie hatte Tante Grace gekannt, seit sie sich erinnern konnte, doch auf einmal, kam es ihr vor, als hätte sie Grace gar nicht gekannt. Lou gab ihr Bestes, um sich zusammenzureißen. Es klang lächerlich in ihren Ohren.

Frank fuhr fort.

„Es ist lange her, mein Sohn war etwa in deinem Alter glaube ich, meine Erinnerung lässt mich bei solchen Details im Stich. Wie dem auch sei, da hat er sich in ein Mädchen verliebt. Ich habe es selbst kaum geglaubt und nein, es ist nicht gut ausgegangen. Aber deine Tante Grace, sie war ein ganz besonderes Mädchen."

Lou traute ihre Ohren nicht.

„John und Grace waren ein Paar?"

„Ja, allerdings."

Die Räder in Louises Gehirn begannen sich zu drehen.

„Und Nic?", fragte sie und beobachtete wie Frank blass wurde.

„Nic? Mein Gott, von Nic habe ich seit Jahren nichts mehr gehört. Hast du mit ihm gesprochen?"

„Nicht direkt.", wich Lou unsicher aus.

„Ich habe bei Grace, ich meine bei Helena Briefe gefunden. An sie adressiert, von Nic."

Frank räusperte sich und es wirkte fast, als würde er Tränen zurückhalten.

„Vermutet habe ich, dass Nic und Helena engeren Kontakt zueinander pflegten, als John zugeben wollte. Ich frage mich nur, warum er mir nie geschrieben hat."

Lou sagte nichts. Sie spürte, dass Frank eine Minute brauchte um sich zu sammeln. Schließlich erklärte er: „Johnathan ist nicht mein einziger Sohn. Nic ist sein jüngerer Bruder."

„Johnathan hat einen Bruder?", platzte es aus Louise heraus, „Warum habe ich nie etwas davon gehört?"

„Das...", meinte Frank trocken, „Das musst du John fragen."

Louise hielt sich zurück weiter nachzuhaken. Frank schluckte schwer, das Leid, welches die Distanz zu seinem jüngeren Sohn ihm zufügte war deutlich. Obwohl sie Nic nicht kannte und seine Beweggründe nicht verstand, konnte sie nicht anders, als ihn dafür zu verurteilen, dass er sich nicht bei seinem Vater meldete.

Ihr wurde klar, dass sie die losen Ende einer Geschichte aufwirbelte, die niemand ihr erzählt hatte. Was das bedeutete, konnte sie noch nicht sagen.

Also entschied Lou sich, John zur Rede zu stellen. Und das tat sie auch.

Nachdem sie ihren Tee ausgetrunken, sich bei Frank verabschiedet und ihn einmal eng umarmt hatte, fuhr sie zu Johnathans Büro und schlug eine halbe Stunde später, ohne Ankündigung, seine Tür auf.

„Du hast einen Bruder?"

Johnathan saß an seinem Schreibtisch, ein Buch lesend und blickte auf, als er Louises Stimme vernahm.

„Es ist auch schön dich zu sehen.", begrüßte er sie und wandte sich wieder seinem Buch zu.

„Warum hast du mir nicht erzählt, dass du einen Bruder hast?"

„Ich habe auch einen Onkel, der in Brasilien ein einsames Bauernleben führt, aber der interessiert dich wohl eher weniger, was?"

Lou rollte mit den Augen. Johnathan würde ihr mit seiner gespielten Gelassenheit noch den letzten Nerv rauben.

„Warum weiß ich nichts von ihm?", wiederholte sie, zunehmend verärgert.

„Sein Name ist Harry, er ist 71 Jahre alt und hat nur neun Finger, seinen rechten Zeigefinger hat er an einen Bären verloren."

John blätterte die Seite um.

„Ich rede von deinem Bruder!"

„Oh der? Nein, der hat soweit ich weiß alle seine Finger noch."

Mit einem kräftigen *Wums* schlug das Buch vor Johnathans Nase zu und er musste schnell seine Hände zurückziehen, damit *er* noch alle seine Finger behielt.

„Schön du willst über Nic reden? Rede."

Er bat sie, sich zu setzten. Louise setzte sich, die Arme verschränkt und ihr Blick wütend.

„Helena hat mir von ihm erzählt.", erklärte sie schnippisch.

Das war nicht die ganze Wahrheit, aber John provozierte sie mit voller Absicht mit all seiner Geheimnistuerei. Er war nicht der einzige, der Lügen konnte. Außerdem wollte sie seinen Gesichtsausdruck sehen, wenn sie Helena erwähnte. Johnathan starrte sie an, als hätte sie sich vor seinen Augen in einen Geist verwandelt. Er sagte kein Wort.

„Oh ja, ich weiß es. Ich schätze, meine Tante ist gar nicht meine Tante, nicht wahr?"

Stille. Nach einigen Minuten verblasste Lous Wille, John eins reinzuwürgen. So wie er dasaß und ins Leere starrte mit einem nicht deutbaren Blick... schon wieder bekam sie das Gefühl, eine Geschichte aus der Vergangenheit aufzuwirbeln, die allen viel Schmerz zufügte. Louise überkam der Drang sich zu entschuldigen und zu erklären, wie sie die Informationen tatsächlich erhalten hatte, doch dazu kam es nicht.

„Wie geht es ihr?", fragte Johnathan und seine Stimme war merkwürdig heiser.

Er blinzelte ein paar Mal, als würde er versuchen, störende Bilder aus seinem Kopf zu vertreiben. „Wie es ihr geht? Na ja, ganz gut denke ich."

„Ist sie nicht einsam?"

Nach dem, was er sagte, musste Lou annehmen, dass John seiner alten Liebe nachtrauerte. Das verwunderte sie nicht nur, es schockierte sie geradezu. War Johnathan etwa tatsächlich verliebt? So eine Emotion hätte Louise ihm nicht zugetraut und sie wusste nicht ganz, was sie davon halten sollte.

„Doch, ein wenig vielleicht. Aber ich glaube, sie genießt die Einsamkeit."

Außerdem hat sie ja Nic, der ihr schreibt. Das sagte sie nicht laut. Lou vermutete, dass es John nicht gefallen würde und sie wollte ihn nicht weiter reizen.

Stattdessen fügte sie hinzu: „Ich wollte eigentlich nur darauf hinaus, dass Nic meint, das Medaillon gefunden zu haben."

Bei der Erwähnung des Medaillons sprang Johnathan auf. Seine Augen wurden groß.

„Er hat es?", hauchte er mit einer solchen Demut, dass Louise anfing zu frösteln. Eine Mischung aus der Angst der letzten Tage und einer neuen, gefährlicheren Unruhe schnürte ihr die Kehle zu.

Etwas an der Art, wie John sie jetzt ansah, gefiel ihr gar nicht.

„Ja, also nein. Er hat es nicht bei sich, aber gefunden hat er es. Und wichtiger ist doch, dass ich weiß wo er es versteckt hält."

Lou schluckte schwer, versuchte aber ihre Worte so optimistisch wie möglich klingen zu lassen. Sie brauchte John in guter Laune.

Johnathan schüttelte ab, was auch immer ihn bei der Erwähnung seines Bruders und des Medaillons überkommen hatte und nickte.

„Bringe die anderen in die Hütte und informiere sie. Ich lege den Rest der Mission in deine Hände, ich will keine Neuigkeiten, es sei denn, ihr seid erfolgreich gewesen."

Louise tat wie ihr geheißen und versammelte die anderen so schnell wie es ging in Johnathans Wald.

Die Sonne stand hoch am Himmel und die Hitze entlockte dem Holz der alten Hütte einen vermoderten Duft, welcher ein wenig später Louises Lunge füllte, während sie sprach.

„... in einem Labor irgendwo in Frankreich. Die Informationen sind schon einige Jahre alt und wir können nicht wissen, ob das Medaillon noch da ist, aber es ist unsere einzige Spur. Noch schwerwiegender ist es allerdings, dass der Ort nicht weiter beschrieben wird und Frankreich ist nun ja... zum Suchen doch etwas groß."

Chris lachte auf. Er war immer noch nicht sonderlich begeistert von der Idee, das Medaillon zu finden und Lou machte sich in Gedanken eine Notiz, dass sie mit ihm nochmal darüber sprechen sollte. Nicht, dass sie ihm nicht vertraute, aber sie besaß die Verantwortung dafür zu sorgen, alle am selben Strang ziehen zu lassen, wenn die Lage brenzlig werden sollte.

Weiter kamen sie in ihrer Unterhaltung jedoch für den Moment nicht, denn mit einem Schlag legte sich eine intensive Anspannung über den Raum. So stark und so unerwartet, dass sie alle intuitiv die Luft anhielten.

Ein solch heftiger magischer Impuls war vergleichbar mit einer Explosion und war doch gleichzeitig das genaue Gegenteil davon. Eine Explosion war laut, schnell und wild. Wenn Magie 'explodierte', fühlte es sich anders an. Louise schloss die Augen, ihr Kopf pochte mit einem grellen Schmerz.

Die Luft vibrierte, getragen von Magie, schwer und drückend legte sie sich um alles und drohte sie unter ihrer ewigen Stille zu vergraben.

Anne fing sich als Erstes und sprang geistesgegenwärtig auf. Die anderen folgten ihr, als sie aus dem Gebäude in den Wald sprintete. Wenn sie gesunden Menschenverstand besessen hätten, wären sie davongelaufen so schnell sie konnten, doch war ihnen allen klar, dass sie das nicht tun würden.

Sie bewegten sich in die Richtung, aus der die Energie am stärksten strahlte. Was auch immer diesen Impuls auslöste, sie mussten den Ursprung davon finden und wenn es nur die pure Neugier war, die sie Antrieb.

In Lous Ohren dröhnte es, ihre Gelenke litten unter dem Gewicht der unsichtbaren Magie und nach einigen weiteren Minuten verschwamm die Umgebung vor ihren Augen. Sie hielt sich an Daphnes Arm fest und schob sich weiter nach vorne, immer weiter durch den Wald hindurch.

Gerade, als Louise dachte, sie müsse jeden Augenblick das Bewusstsein verlieren, sahen sie es. Sie hatten das Ende des Waldes erreicht, an dem noch nie jemand von ihnen gewesen war. Hier grenzten die hohen Laubbäume an ein weites Weizenfeld, welches sachte einen Hügel hinunter in ein Tal führte.

In dem Tal selbst musste sich vor wenigen Minuten noch ein niedliches kleines Dorf befunden haben, denn aus den Ruinen der ausgebrannten

Häuser drang noch dichter Qualm.

Der Rauchgeruch und die vernebelte Sicht halfen nicht gerade bei der Wahrnehmung, doch meinte Lou Bewegungen zwischen den verfallenen Steinbauten zu sehen. Dann wurde alles Schwarz.

Das nächste, was sie spürte, war derselbe pochende Kopfschmerz wie zuvor und der besorgte Klang einer Stimme neben ihrem Ohr.

„Lou. Lou, hörst du mich?"

Blinzelnd kam Louise zu sich. Sie befand sich immer noch am Rande des Waldes, sie lag halb an einen Baum gelehnt im Schatten und vor ihr kniete Johnathan, der sie prüfend auf und ab blickte.

„John? Was zum..."

Sie richtete sich ein wenig auf und bereute es sofort. Ihre Muskeln schmerzten, ihre Arme waren zu schwach, um sich auch nur darauf abzustützen. Ihr Schädel brummte.

John packte sie unter den Schultern und zog sie ein Stück nach oben, sodass sie aufrecht saß.

„Sieh nur.", sagte er und sah verwundert die Stelle an wo er sie berührt hatte, „So etwas habe ich schon länger nicht mehr gesehen."

Lou drehte ihren Kopf, den aufkommenden Schwindel ignorierend und begutachtete ihren Arm. Unterhalb ihrer Schulter leuchtete etwas, doch ihre Sicht war noch zu verzerrt, um zu erkennen, was es war. Das helle Rot formte ein Zeichen, doch die Linien wandten sich und wirbelten durcheinander

„Es ist eine magische Rune.", meinte John.

Magische Runen.

Die magischen Runen waren eine der größten Geniestreiche, die Johnathan jemals erschaffen hatte. Mit ihnen hatte er eine vollkommen neue Art entwickelt, Magie zu nutzen und sie waren weitaus machtvoller, als jeder Zauberspruch, Trank, Kugel oder Stab.

Da draußen gab es viele Arten Magie zu verwenden, von simplen und weitverbreiteten, zu komplexen und längst ausgestorbenen. Wie bei den meisten Dingen führten einfachere Ansätze zu weniger beeindruckenden Ergebnissen.

Die Runen benötigten viel Übung und Konzentration, doch die Arbeit war es Wert. John hatte ihnen die Runen seit Kindheitsbeinen gelehrt und soweit Louise wusste waren sie die einzigen, die sie kannten oder sie verwenden konnten.

Wenn eine magische Rune auf einem Objekt aufleuchtete, bedeutete das, dass zwei Magiesysteme miteinander verbunden waren. Auf einer Person allerdings hatte sie so eine Rune noch nie aufleuchten sehen. Nicht so, zumindest.

Das Rot wurde schwächer und verblasste schließlich vollständig. Lou stöhnte kurz vor Schmerzen auf, als ihr Arm begann zu brennen, doch auch das Gefühl verblasste schnell.

„Ich kann es mir nicht erklären, aber es scheint als hätte jemand versucht deine Magie abzusaugen. Nicht sehr erfolgreich, offenbar. Trotzdem beeindruckend. Ich frage mich..."

Johnathans Stimme ging unter im Rauschen ihres eigenen Blutes, welches ihre Ohren zum Glühen brachte.

Louise sah auf und ihr Herz setzte einen Schlag aus. Das abgebrannte Dorf, welches sie vorhin noch aus der Ferne betrachtet hatte, war verschwunden.

Da standen keine Häuser, keine halb zerstörten Gebäude, durch die sich gepflasterte Straßen hindurch schlängelten. Nichts davon. Nur dasselbe unbenutzte Feld, auf dem wilde Blumen wuchsen, bis zum Horizont.

Sie stemmte sich nach oben, ihre Beine waren weich und der Wald drehte sich um sie herum, aber Lou musste herausfinden, was passiert war. Hatte sie sich das Dorf nur eingebildet oder steckte mehr dahinter?

Johnathan hielt sie auf.

„Was denkst du, was du da tust?"

Lou zeigte in die Richtung, in die sie starrte, unsicher, ob das jemandem half, denn ihr Finger schwankte hin und her.

„Ich dachte, ich hätte was gesehen.", fasste sie zusammen und John fing sie auf, als ihre Knie nachgaben.

Er setzte sie zurück unter den Baum.

„Julian und Anne, durchsucht die Umgebung.", wies Johnathan an und wandte sich Louise zu.

„Dir ist nichts passiert, aber du musst dich ausruhen. Ich kann nicht bleiben, aber wie wär's, wenn du in Zukunft einfach selber etwas besser auf dich aufpasst?"

Er klopfte ihr auf die Schulter, stand auf und verschwand.

Julian und Anne waren einige Meter auf das Feld hinaus gelaufen, die Hände ausgestreckt und nach

Spuren von Magie suchend. Lou sahen ihnen mit müden Augen dabei zu, bis die Erschöpfung sie einholte und sie einschlief. Als Louise das nächste Mal aufsah, war der Himmel violett und ein frischer Windzug leitete die Dämmerung ein.

„Julian hat was gefunden."

Daphne hatte sich neben sie gesetzt und hielt ihr ein kleines Stück Papier hin, als sie bemerkte, dass Louise wach war. Lou sah sich um, die anderen schienen schon gegangen zu sein.

Sie nahm das Papier entgegen und ein Knoten bildete sich in ihrer Kehle.

Warum war sie nicht überrascht?

„Das Medaillon.", stellte sie fest und steckte die Abbildung ein.

„Wir haben John gesagt, wir hätten nichts gefunden. Es war Chris' Idee, aber ich hatte das Gefühl, du hättest dieselbe Entscheidung getroffen."

Lou nickte wortlos.

Sie wusste, dass Chris diese Entscheidung aus anderen Gründen getroffen hatte, als sie es getan hätte, aber sie war froh, dass Johnathan nicht alles erfuhr. Solange Louise nicht sagen konnte, welche Geschichte John mit dem Medaillon verband, wollte sie ihn erst mal auf Distanz lassen.

Außerdem hatte er ihr selbst die Erlaubnis dazu gegeben, sie sogar darum gebeten, ihm keine unwichtigen Neuigkeiten zu bieten. Für ihn zählte nur das Endresultat, damit konnte Lou arbeiten.

Louise stand auf. Ihre Glieder fühlten sich immer noch fragil an, aber sie stand.

„Was kommt jetzt?", fragte Daphne und führte Lou

zurück in Richtung Hütte, einen Arm um ihre Hüfte gelegt.

„Jetzt?", echote Louise und zuckte mit den Schultern.

„Wir sollten uns wohl mal Frankreich ansehen."

Eine Sache gab es allerdings noch für sie zu tun, bevor sie nach Frankreich fliegen konnten.

Chris' Wohnung lag im 14. Stock eines Penthouse, in einem der modernsten Ecken der Stadt. Dort wo zwischen luxuriösen Cocktailbars und Coffeeshops, hohe Bankgebäude und Einkaufszentren standen.

Es war die Art von Extravaganz, in der er sich wohlfühlte. Obwohl Louise die starke Vermutung besaß, dass Chris in einem einsamen Haus an der Küste viel glücklicher wäre, wenn er dafür die Freiheit bekommen würde, zu tun und zu lassen was er wollte.

Lou klingelte, Chris ließ sie hinein.

Das Apartment war in ein tiefes, blaues Licht gehüllt. Die Wände und Böden waren mit schwarzem Stoff ausgelegt und mit Gold verziert.

Sie ging vor, an großen Schiebetüren vorbei, bis hin zum Wohnzimmer und fiel auf einen Hocker an der Bar. Aus Holz gebaut, professionell beleuchtet. Müdigkeit steckte in ihren Knochen, doch an Alkohol war nicht zu denken. Ihr war immer noch schwindelig.

„Du siehst nicht gut aus.", stellte Chris das Offensichtliche fest und setzte sich neben sie.

„Wie schmeichelhaft."

Chris lachte. Sein Lachen war laut und heiser.

Selbst ohne die weiße Narbe, die sich über seinem linken Auge durch seine Augenbraue zog, hätte er den Badboy in jeder Teenie-Romanze spielen können. Seine aschblonden Locken waren früher länger gewesen, heute aber waren sie kürzer und an den Seiten rasiert. Chris mochte schnelle Autos, Geld, Sex und Drogen, aber er war so viel mehr als nur sein Image. Er war ein guter Freund und ein loyaler Verbündeter. Louise vertraute ihm. Selbstverständlich vertraute sie allen ihren Freunden, aber mit Chris war es anders. Er würde sie niemals verraten, egal was auf dem Spiel stand. Seine Versprechen und seine Treue galten bedingungslos.

Trotzdem musste Louise sichergehen.

„Du weißt, warum ich hier bin."

Chris nickte und fügte hinzu: „Bevor du jetzt eine lange Rede hältst, lass mich anfangen. Finde ich, dass, was wir tun eine gute Idee ist? Nein. Aber so ist es halt. Da kann ich nichts dranmachen, es hört ja sowieso keiner auf mich."

Sie konnte seine Missgunst hören. Er war frustriert, vielleicht zu Recht. Konnte Lou wirklich weiter so tun, als würden sie keine Zweifel plagen? Chris würde sie nicht verraten. Sie konnte sich ihm anvertrauen, nicht wahr?

„Glaubst du, es ist einfach für mich? Ich versuche mir nicht den Kopf zu zerbrechen, weil es ja doch zu nichts führt.", sprudelte es aus Louise heraus, bevor sie es aufhalten konnte, „Ich darf mir keine Zweitgedanken und Ungewissheiten erlauben. Was soll nur werden, wenn *ich* solche Gedanken zulasse? Ich darf nicht an John zweifeln. Niemand von uns darf das, aber ich besonders nicht. Was soll ich mir schon vormachen."

Stille.

Chris stand wortlos auf und legte seine starken Arme um ihren bebenden Körper. Lou lehnte sich an seine Brust. Sie hatte nicht gemerkt, dass sie beim Sprechen angefangen hatte zu zittern. Ein Gewicht war von ihr abgefallen. Sie hatte nicht geplant ihre eigene Schwäche zuzugeben und ein Teil von ihr schämte sich dafür. Chris verurteilte ihre Ehrlichkeit nicht. Er war einfach für sie da, ohne Wenn und Aber.

Sie saßen da bis Louises Atem sich vollständig erholt hatte und ihr Herz nicht länger angestrengt gegen ihren Brustkorb hämmerte. Lou löste sich von Chris und schmunzelte sanft.

„Du solltest deine Sachen packen.", meinte sie zum Abschied, „Wir fliegen nach Frankreich."

Kapitel 6

Zwei Minuten.

Solange hatte es nach ihrer Landung in Frankreich gedauert, bis man sie festgenommen hatte.

Louise war in ihrem Leben bisher vierzehnmal festgenommen worden, neunmal davon mit Absicht, doch bisher jedes Mal mit einer Ahnung davon, was sie getan hatte, um dort zu landen.

Jetzt jedoch saß sie mit magischen Fesseln an den Handgelenken und Knöcheln auf einem Metallstuhl und beobachtete ihre eigene Reflexion in der Glasscheibe des kleinen Verhörraumes, ohne zu wissen, warum man sie hergebracht hatte.

Sie waren per Flugzeug gereist, schnell und unauffällig.

Hatten sie zumindest gedacht. Man hatte sie anscheinend bereits erwartet, mit gezogenen Waffen hatte man sie am Flughafen in Paris empfangen, ihnen Handschellen angelegt und sie getrennt abgeführt.

Lou saß sicherlich schon einige Stunden dort. Die erste Minute hatte sie sich noch damit beschäftigen können, sich die Details des Raumes einzuprägen, nur für alle Fälle.

Oben in der Ecke rechts von ihr blinkte das rote Licht an der Überwachungskamera, der Stuhl, auf dem sie saß und der Tisch vor ihr waren aus demselben Material gefertigt. Hinter dem Tisch stand ein weiterer, etwas dunklerer Stuhl und dahinter befand sich der große Einwegspiegel, aus dem ihr eigenes Gesicht ihr entgegenstarrte. Das war alles.

Die magischen Fesseln und Handschellen waren nicht schlecht, definitiv mindestens eine Militärproduktion und auch alles andere an dieser Aktion hatte einen ziemlich professionellen Eindruck gemacht.

Louise hatte Einrichtungen, wie diese schon öfters gesehen. Die Räume waren in Tunnel unter der Erde gebaut worden, die Verhörräume klein und simpel. Praktisch, ohne Frage. Gut durchdacht, aber keine offizielle Polizeieinrichtung.

Zumindest keine europäische. Magische Justizsysteme funktionierten so nicht, soweit Lou wusste.

Wer also war es, der sie hierher verschleppt hatte? Die Teile wollten nicht so ganz zusammenpassen.

Bis die Tür aufging.

„Um Gottes willen, wer hat das arme Kind gefesselt? Ich bitte euch, um Himmels willen, nehmt dem Mädchen die Fesseln ab. Allez, détache cette putain de corde!", rief der junge Mann, der gerade den Raum betreten hatte und hinter ihm kamen zwei Kerle mit ernsten Gesichtern und schwarzen Uniformen hinein, die mit schnellen Bewegungen Lous Fesseln lösten und wieder verschwanden.

Der junge Mann setzte sich auf den Stuhl gegenüber von Louise und sah sie interessiert an.

Er hatte glattes schwarzes Haar, welches ihm bis unters Kinn fiel und stahlblaue Augen. Dunkle Schatten lagen über seinem Gesicht, doch obwohl seine Haut bleich war, wirkte er nicht ungepflegt.

Louise rieb sich die Stellen, wo die Handschellen rote Abdrücke hinterlassen hatten und blickte auf.

Die Kontrolllampe der Überwachungskamera blinkte nicht länger.

„Es tut mir so leid, was passiert ist. Ich schwöre, das habe ich nicht gewollt. Ich habe ihnen nur gesagt, sie sollen ein Auge auf euch haben und ich habe absolut nicht damit gerechnet, dass sie euch hierherschleppen. Ich bin so schnell hergekommen, wie ich konnte, als ich davon erfahren habe. Zum Glück war ich schon im Land, aus beruflichen Gründen."

Die Sorge in seinen Worten klang aufrichtig, doch die Art wie er sprach ließ Lou aufhorchen.

Denn offensichtlich wusste er, wer sie war.

„Wer bist du?", brachte sie hervor und der Mann vor ihr begann leicht zu Lachen.

„Ah, ich schätze, mein Bruder hat mich nicht erwähnt. Warum sollte er auch? Ich bin Nic."

Nic streckte ihr seine Hand entgegen. Zögerlich schüttelte Louise sie und war überrascht davon, wie kräftig seine schmalen Finger zudrücken konnten.

„Du bist Nic?", hakte Lou nach und klang anscheinend etwas zu schockiert, denn Nic lachte etwas lauter.

„Also hast du von mir gehört. Erfülle ich nicht deine Erwartungen?"

Lou sah ihn prüfend an und versuchte eine Spur von Johnathan in ihm zu erkennen.

Nichts an Nic deutete darauf hin, dass John sein Bruder war. Nic war schmaler und kleiner als John, sein Lachen war offen und freundlich, gleichzeitig aber zuckten seine Augen nervös hin und her. Er hatte weder Johns Aussehen, noch sein

Selbstbewusstsein und auf keinen Fall seine düstere, einschüchternde Aura.

Wenn Johnathan die Art Mann war, bei der man von der ersten Sekunde an ahnte, es wäre keine gute Idee ihm näherzukommen, war Nic eher der Typ, den man ohne zweimal nachzudenken zum Abendessen mit der Familie einlud.

„Ich, also... um ehrlich zu sein, hatte ich mir dich anders vorgestellt.", meinte Louise schließlich und Nic nickte verstehend.

„Mein Bruder und ich haben nicht viel gemeinsam. Selbst als wir noch Kinder waren, haben uns die Leute nicht geglaubt, dass wir verwandt sind."

Das glaubte Lou ihm zweifellos.

„Es ist schön dich endlich persönlich kennenzulernen, Evangeline.", setzte Nic neu an.

„Lou.", unterbrach Louise ihn, „Oder Louise, wenn du zu viel Zeit hast."

Nic grinste.

„Schön, Lou. Wir haben einiges, über das wir reden müssen."

Louise war sich nicht sicher, was sie von Nic halten sollte. Er wirkte freundlich und seine Art hatte etwas vertrauenerweckend Ehrliches, aber zur gleichen Zeit bekam sie mehr und mehr den Eindruck, als würde er nicht so recht wissen, was er sagen sollte. Was genau wollte Nic erreichen? Was war sein Ziel?

Lou konnte ihn nicht einschätzen und das brachte ihre inneren Alarmglocken zum Leuten.

„Ach ja?", fragte sie daher, ohne ihm wirklich zuzuhören und ärgerte sich stumm darüber, dass sie

Johnathan nicht nach mehr Informationen über seinen kleinen Bruder ausgehorcht hatte.

„Ich möchte mit dir über das Medaillon reden und darüber, warum du es in Ruhe lassen musst."

Damit erweckte Nic nun doch Lous Aufmerksamkeit und sie erinnerte sich daran, dass Nic nicht nur Johns Bruder, sondern auch der letzte ihr bekannte Finder des Medaillons war.

„Ich gehe davon aus, dass Johnathan dir nicht allzu viel über das Medaillon erzählt hat?", fuhr Nic fort und Lou schüttelte den Kopf.

„Das ist nicht seine Schuld. Die Wahrheit ist, er weiß nicht viel darüber und ich hege den Verdacht, dass er viele der Dinge, die er mal wusste, vergessen hat."

In Louise entflammte die Hoffnung, dass jemand sie endlich über all die Intrigen und Geheimnisse des Medaillons und über Johnathan aufklären würde.

„Du weißt mehr darüber?", hörte sie sich sagen, mit einer solchen Zuversicht, wie Lou sie sich selbst kaum zugetraut hätte.

Nic enttäuschte sie nicht.

„Ich habe es jahrelang studiert, recherchiert und untersuchen lassen. Ich glaube behaupten zu können, dass kaum jemand der lebt das Medaillon der Engel so gut versteht, wie ich. Wobei ich zugeben muss, dass ich die meisten Dinge nur erraten konnte und selbst für mich noch vieles im Dunkeln liegt."

Louise erwischte sich bei dem Gedanken, dass Nic vielleicht deshalb so müde wirkte, weil er sein Leben der Erforschung dieses Medaillons verschrieben hatte. Was würde das für ihre eigene Zukunft bedeuten?

Sie strich den Gedanken wieder und schob Nics fahlen Hautton auf einen Vitaminmangel, oder zu wenig Sonnenlicht.

„Warum erzählst du das alles mir und nicht Johnathan? Er will das Medaillon haben, nicht ich.", wollte Lou wissen und hinterfragte ihre eigene Aussage noch, bevor sie den Satz beendet hatte.

Wollte sie das Medaillon wirklich nicht haben? Konnte sie, wenn sie absolut ehrlich zu sich selber war, die Faszination und wachsende Sehnsucht in sich selbst ignorieren? Das Medaillon war spannend, keine Frage. Wie konnte Louise sich nicht für einen Gegenstand dieser Art interessieren?

Nic jedoch meinte nur: „Gute Frage. Glaub mir, ich habe es versucht, aber dir mag aufgefallen sein, dass mein Bruder nicht gut auf mich zu sprechen ist. Und mit mir reden will er schon gar nicht."

Louise ging ein Licht auf. Nic wusste, wo das Medaillon war und offensichtlich setzte er all seine Kraft darauf zu verhindern, dass John es bekam. Wenn sie ihre Karten richtig spielte, würde es ihr vielleicht möglich sein, Nic davon zu überzeugen, ihr zu sagen, wo das Medaillon sich befand. Wenn sie ihn davon überzeugen konnte, dass sie auf seiner Seite war. Menschen neigten dazu, Dinge zu glauben, die sie sich wünschten. Wie schwierig konnte es sein, ihm einen Ausweg für seine Probleme zu zeigen? Ihn daran glauben zu lassen, dass seine Anstrengungen endlich von Erfolg gekrönt sein würden?

„Nun, ich bin hier. Und ich höre zu."

Sie wollte ihm wirklich zuhören. Wenn er ihr tatsächlich Informationen über das Medaillon geben wollte, durfte sie kein Detail verpassen und wenn er unvorsichtig war und mehr erzählte als er wollte erst recht nicht.

„Das Medaillon wurde vor einigen tausend Jahren von den ersten Magiern der Menschheitsgeschichte erschaffen. Wir können nur darüber rätseln wie, oder aus welchen Gründen man es erschuf. Wir wissen aber, dass schon bald darauf die ersten Versuche unternommen wurden es zu zerstören. Wie Johnathan dir sicherlich schon erzählt hat, ist das Medaillon nicht direkt ein verfluchtes Objekt, aber es lässt sich dennoch in vielen Bereichen mit einem vergleichen. Kennst du die Geschichte des Königsherzens aus der Holzkiste?"

Natürlich kannte Lou die Geschichte.

Das Königsherz aus der Holzkiste war eines der berühmtesten schwarzmagischen Objekte, die jemals existiert hatten. Es war jahrhundertelang verschollen und ist dann während der Freiheitskriege gegen die Unbegabten in Asien wiederaufgetaucht.

„Das Königsherz wurde zuletzt in den frühen 70ern vom japanischen Geheimdienst eingesetzt. Es ist eine verfluchte Holzschachtel. Sobald die Soldaten es ansahen, waren sie davon überzeugt, ihr eigenes Herz läge in der Schachtel. Es war ein cleverer Trick. Die Schachtel funktionierte nach einem weniger bekannten magischen Prinzip: Wenn man bei Menschen den Wunsch auslöst, dass etwas existiert, muss es nicht in der Realität existieren, um verflucht werden zu können. Dieses Prinzip lässt sich normalerweise nicht auf Gegenstände anwenden, daher war der Trick so clever, weil sich ja gar kein Gegenstand in der Kiste befand. Magisch gesehen höchst kompliziert, in der Anwendung aber ziemlich simpel. Wenn die Soldaten glaubten, ihr Herz läge in der Kiste würden sie alles dafür tun, es wieder zurückzuholen, sich aber nicht mehr auf den eigentlichen Kampf konzentrieren. Mittlerweile ist es zerstört worden.", erklärte Louise und Nic warf ihr einen anerkennenden Blick zu.

„Wie ich sehe, ist John nicht daran gescheitert, euch so einiges an Magietheorie beizubringen. Mit einer Sache hast du dennoch unrecht. Leider bleibt das Königsherz bis heute verschwunden und ist niemals gefunden, oder zerstört worden."

Lou unterdrückte ein Lachen und widersprach: „Ich bin mir ziemlich sicher, dass es zerstört wurde."

Es dauerte einen Moment, dann fiel bei Nic der Groschen und Bewunderung breitete sich in seinem Gesicht aus.

„Ich scheine euch unterschätzt zu haben. Wie auch immer, das Medaillon funktioniert auf eine vergleichbare und dennoch deutlich andere Weise. Das Königsherz verfluchte jeden, der die Kiste ansah. Das Medaillon verflucht niemanden, aber es setzt sich fest im Verstand eines jeden Magiers, der seinen Namen hört."

Jeder der seinen Namen hörte? Das waren schlechte Neuigkeiten, falls Nic recht haben sollte. Doch wie konnte er sich da so sicher sein? Und was sollte das überhaupt bedeuten?

100

Nic schien ihre Zweifel zu erraten, denn er fügte hinzu: „Ich bin mir sicher, du kannst es schon spüren. Der Prozess ist schleichend. Man fängt an über das Medaillon nachzudenken, es sich vorzustellen. Man zeichnet es, man liest Geschichten darüber. Dann kommen die Alpträume, später dann fängt man Dinge zu sehen, die nicht da sind. Man fühlt sich schwächer, müder. Zuletzt hört man Stimmen und die Halluzinationen werden stärker, bis man letztendlich wahnsinnig wird und nur noch auf den Tod hoffen kann. Ich denke mir das nicht aus, ich habe es selber gesehen."

Louise schluckte schwer. Sie dachte an den Alptraum und an das brennende Dorf, welches vor ihren Augen verschwunden war.

„Wie du also siehst...", beendete Nic seinen Monolog, „habe ich meine Gründe verhindern zu wollen, dass jemand dem Medaillon zu nahekommt."

Nic stand auf, als sei für ihn damit dieses Gespräch beendet.

„Warte mal, willst du mir gar nicht ins Gewissen reden? An meinen gesunden Menschenverstand appellieren? Mich versprechen lassen, alles zu tun was ich kann, um John davon abzuhalten, das Medaillon zu finden?", rief Lou ihm hinterher und Nic drehte sich in der Tür noch einmal zu ihr um.

„Du bist meinem Bruder sehr ähnlich, Lou und wenn ich eines gelernt habe, dann, dass es nichts bringt euch um irgendetwas zu bitten. Ich habe dir die Informationen gegeben, die dir zustehen in der Hoffnung, dass dein Wissen über die Gefahren, die dir bevorstehen ausreicht, um dich auf den rechten

Weg zurückzuführen. Man wird euch nach England zurück eskortieren. Zu eurer eigenen Sicherheit seid ihr in Frankreich fürs Erste nicht mehr erwünscht."

Bevor Louise noch etwas sagen konnte, fiel die Tür hinter Nic zu.

Nettes Gespräch, dachte Lou und schaute Nic unzufrieden hinterher. Nicht jeden Tag wurde einem ohne Vorwarnung ein solch schrecklicher Einblick in die eigene Zukunft gegeben. Louise wusste, dass sie nun eigentlich davor zurückschrecken sollte weiterhin nach dem Medaillon zu suchen, doch in Wahrheit hatte Nic sie höchstens dazu ermutigt, es finden zu wollen. Denn, so wie er über das Thema sprach, musste es Menschen gegeben haben, welche die Kräfte des Medaillons gespürt und trotzdem lange genug überlebt hatten, um ihre Geschichten zu erzählen. Außerdem ließ sie der Vergleich mit dem Königsherz aufatmen. Nicht nur, dass sie jetzt glaubte zu verstehen, wie das Medaillon funktionierte. Vor vier Jahren, als sie begann, die Geschichte des Königsherzens zu erforschen, hätte sie niemals damit gerechnet, es eines Tages erfolgreich zerstören zu können und doch hatte sie es geschafft. Das gab ihr Mut. Die ganze Angst, die sich um das Medaillon ragte, war abgeleitet von Legenden und Märchen, sowie es bei dem Königsherz auch der Fall gewesen war. Am Ende war es nur eine weitere Mission. Damit konnte Louise umgehen. Sie fühlte sich selbst lächerlich, wenn sie darüber nachdachte, welche Bedeutung sie in das Medaillon gelegt hatte, ohne eine echte Grundlage für ihre Sorgen zu haben. Das durfte nicht heißen, sie würde das Medaillon auf die leichte Schulter nehmen, aber sie hatte ihren irrationalen Ängsten zu viel Platz eingeräumt. Damit musste Schluss sein.

Das Medaillon der Engel würde den Krieg nicht gewinnen, bevor der Kampf überhaupt begonnen hatte.

Kapitel 7

Man hatte sie noch einige Wochen in Gewahrsam gehalten und dann mit einem Privatflug zurück nach England gebracht.

Es stellte sich heraus, dass Nic nicht mit den anderen gesprochen hatte und die Aufregung war groß, als Louise ihren Freunden von Johns Bruder berichtete.

Zurück auf englischem Boden wollte Lou keine Zeit verlieren. Sie musste mit Johnathan persönlich reden, noch bevor sie zu Tante Grace oder Helena, wie auch immer man sie nennen wollte, ging. Mit Beiden wollte Louise über Nic reden, denn bei bisherigem Stand war er der Schlüssel, um an das Medaillon zu kommen und im Moment hatte Lou nicht die geringste Ahnung, wer dieser Mann im Grunde war. Ihr Ausflug nach Frankreich war nicht so gelaufen wie erwünscht, aber keineswegs ein Rückschlag gewesen.

Nic war eine Spur. Wenn sie herausfinden konnte, wer er war, wer er wirklich war, dann war sie nur noch einen Katzensprung davon entfernt, auch herauszufinden, wo er das Medaillon versteckt hielt.

Sie nahm sich die Zeit zu duschen und sich umzuziehen, bevor sie sich zu Johnathans Büro aufmachte. Für den Fall, dass John keinen Wind davon bekommen hatte, dass man sie wochenlang in einem französischen Bunker gefangen gehalten hatte, wollte sie es ihm nicht auf die Nase binden.

John begrüßte sie an der Tür.

„Wie ich sehe, bist du aus den Fängen meines Bruders zurückgekehrt."

Das hatte ja gut funktioniert.

„Du hättest mich vorwarnen können, was Nic anbelangt.", entgegnete Louise und fiel auf die dunkelrote Ledercouch.

Lou hegte den leisen Verdacht, dass Johnathan dieses Sofa hier drapiert hatte, damit er zum Schlafen nicht nach Hause fahren musste, während er sich in einer Arbeitsphase befand. Falls John überhaupt schlief.

„Was hätte ich dir schon sagen können, abgesehen davon, dass er nervig ist und sich ständig in Angelegenheiten einmischt, die ihn nichts angehen?", höhnte John und ging hinüber zu seinem Weinschrank, um sich ein Glas Rotwein einzuschenken.

„Nic hörte sich eher so an, als würdest du dich in Angelegenheiten einmischen, die dich nichts angehen.", erwiderte Louise.

Johnathan sah sie an und lehnte sich gegen die Seite des Bücherregals, das Weinglas in seiner rechten Hand hin und her schwenkend.

„Und? Was glaubst du?"

„Ich? Ich denke, ihr mischt euch Beide in Angelegenheiten ein, die niemanden etwas angehen. Aber was macht das schon? Immerhin gehört das zum Job."

John nickte zustimmend.

„Wenn du hier bist, um von mir einen Hinweis darauf zu erhalten, wo Nic das Medaillon versteckt hat, kann ich dir nicht helfen. Er mag mein Bruder sein, aber ich kenne ihn nicht besser, als du. Vermutlich noch weniger."

„Ich versuche nur zu verstehen, wie er denkt. Wie er handelt."

Wo er den wertvollsten Gegenstand seines Lebens verstecken würde und wie ich möglichst einfach daran komme, fügte Louise in Gedanken hinzu. „Lou, hätte ich einen Schimmer davon, was Nic denkt oder tut, wäre ich schon längst selbst losgezogen. So leid es mir auch tut, nichts was ich über ihn weiß wird dir weiterhelfen.", versicherte Johnathan ihr und Louise erhob sich.

Das war eine eher enttäuschende Auskunft gewesen.

Aber sie ließ den Kopf nicht hängen, immerhin war da noch Helena. Sie verabschiedete sich von John und setzte sich ins Auto, um ohne Verzögerung aufs Land raus zufahren. Den alten Mustang hatte sie sich von Chris geliehen und mit jedem Meter, den sie fuhr, festigte sich der Entschluss, ihn nicht wieder zurückzugeben. Die Luft war klar und der Himmel war blau, doch der frische Wind kündigte das Ende des kurzen Sommers bereits an. Der Wagen rauschte vorbei an den zahllosen Feldern und Wiesen, die Straßen waren leer.

Louise parkte in der großen Einfahrt vor dem Landhaus, stieg aus und klopfte.

Einmal, zweimal, ein drittes Mal. Keine Reaktion. Graces Auto stand neben Lous in der Einfahrt, aber vielleicht war sie spazieren gegangen, oder im Badezimmer und konnte sie nicht hören.

Louise konnte durch die Fenster im Erdgeschoss die Küche sehen, die Vorhänge waren offen. Keine Spur von Grace.

Beinahe hätte sie sich umgedreht, um an einem anderen Tag zurückzukommen, aber Lou erkannte das Gefühl, welches sie überkam und mit tiefem Vertrauen in ihre eigenen Instinkte brach sie kurzerhand das Schloss auf und verschaffte sich Zutritt.

„Grace? Bist du da?"

Keine Antwort. Lou ging in die Küche, das Haus war komplett still. Auf der Arbeitsplatte stand noch eine halbvolle Tasse Tee, mit Graces rotem Lippenstift am Rand.

Louise erreichte das angrenzende Wohnzimmer und sie erstarrte.

Die Leiche lag in der Mitte des Raumes, auf der Seite, die Hände Hilfe suchend ausgestreckt. Ihr Blut färbte den weißen Teppich rot und ihre weit aufgerissenen Augen sahen die Wand an.

Mehr konnte Lou nicht erkennen und mehr wollte sie auch gar nicht erkennen. Ihr Blick lag ohnehin nicht lange auf dem toten Körper ihrer Tante, denn in dem Zimmer war noch etwas.

Etwas, womit sich ihre Gedanken weitaus länger beschäftigen würden. Ein Bild, welches sich weitaus deutlicher und unwiderruflicher in ihren Verstand einbrannte, als die leblose blonde Frau auf dem Teppichboden.

An der Wand war in hellroter Farbe eine flammende Nachricht geschrieben worden, mit großen sorgfältig gemalten Buchstaben.

Louise wandte sich ab. Die Küche um sie herum drehte sich.

Sie musste einen kühlen Kopf bewahren. Es war eindeutig, dass sie für Grace nichts mehr tun konnte. Was waren die nächsten Schritte? Routine. Sie nahm sich zusammen.

Obwohl es unnötig erschien, da Lou sich absolut sicher war, die Szene vor ihren Augen nie wieder vergessen zu können, nahm sie mit zittrigen Händen ihr Handy hervor und fotografierte sowohl die Leiche, als auch die Nachricht an der Wand. Sie war in Blut geschrieben und dann verflucht worden, damit sie ihre flammende Farbe nicht verlor.

Sie untersuchte den Raum, versuchend nicht allzu häufig die Leiche anzusehen. Louise hatte viele Leichen gesehen in ihrem Leben, nicht wenige davon waren Menschen gewesen, die ihr nahegestanden hatten und die allermeisten davon, hatte sie selber auf dem Gewissen.

Bei Grace war es anders. Vor wenigen Sekunden noch hatte Lou geglaubt ihre Tante wäre am Leben.

Als Louise das Haus verließ, fühlte sie sich schmutzig. Am liebsten wäre sie jetzt nach Hause gegangen, hätte geduscht und dann eine Flasche Whisky geköpft. Aber es stand Arbeit an. Routine.

Sie musste die anderen informieren.

Keine Stunde später hatten sich alle in der Hütte eingefunden und nachdem Lou den anderen die

Bilder gezeigt und mit knappen Worten ihren Bericht dazu gegeben hatte, wurde hitzig diskutiert.

„Wir haben keinerlei Beweise, für eine Verbindung zwischen dem Mord an Grace und dem Medaillon."

Lou saß stumm zwischen Julian und Daphne. Sie konnte es sich nicht erlauben, den Tod von Grace, sie weigerte sich die Frau, die sie als ihre Tante kannte, 'Helena' zu nennen, zu nah an sich ranzulassen. Ihr Urteilsvermögen durfte dadurch nicht leiden, doch fand sie nicht die Kraft sich an wütenden Schuldzuweisungen zu beteiligen.

„Das ist nicht dein Ernst. Du willst uns sagen, die Nachricht an der Wand hätte nichts mit dem Medaillon zu tun?", empörte sich Daphne.

Die Nachricht.

Lou wurde schlecht, ihre weißen Hände verkrampften sich auf ihrem Schoss.

Weder wusste sie, was die Nachricht bedeutete, noch hatte sie Lust, sich damit auseinander zu setzen. Johnathan hatte bisher auch nicht viel gesagt, er stand am Kopf des Tisches und schaute schweigend zu.

„Davon sollen wir uns verschrecken lassen? Der Tod wurde eindeutig arrangiert, um uns Angst zu machen."

„Ach ja? Und von wem? Von ihr selbst?"

Selbstmord. So ein schreckliches Wort. Eine grausame Vorstellung breitete sich in Louise aus. Sie schüttelte sich.

Julian sah sie von der Seite her an und ruhig sagte er: „Es war kein normaler Mord, es ist eine Warnung."

Falls es Julians Plan gewesen war, die Situation zu deeskalieren, hatte er nicht mit Chris gerechnet.

„Du sagst das, als würde es etwas ändern. Glaubst du es interessiert Johnathan, ob wir unser Leben gefährden, Julian? Sieh ihn dir doch an, es könnte ihn nicht weniger kümmern, was mit uns passiert, solange er bekommt, was er will."

Chris musste wissen, dass seine Respektlosigkeit eine Grenze überschritt, aber manche Dinge mussten wohl gesagt werden, auch wenn man um die Konsequenzen wusste.

John lehnte sich vor und stützte seine Arme auf dem Tisch ab. Julian rutschte nervös auf seinem Stuhl umher, er bereitete sich darauf vor einzuschreiten, falls es notwendig werden würde.

„Wenn du so denkst, frage ich mich warum du noch hier bist, Christian."

„So langsam frage ich mich das auch.", erwiderte Chris und stand auf.

Das war genug. Louise erhob ihre Stimme.

„Sag mal, habt ihr euren Verstand verloren?"

Sie klang heiser, gewann aber sofort die Aufmerksamkeit des gesamten Raumes. Chris sah sie etwas verblüfft an. Als hätte er vergessen, dass sie auch noch da war.

„Jemand ist gestorben. Das ist tragisch. Nicht weniger tragisch, wie all die Tode vor ihr und all die Tode, die noch folgen werden. Sich deswegen zu verhalten, wie ein paar wild gewordene Gänse... habt ihr vergessen warum wir hier sind?"

Daphne stimmte mit einem: „Ich für meinen Teil nicht. Nur heißt das nicht, dass ich hier sitzen und so tun werde als wäre nichts gewesen.", ein und warf elegant eine Strähne ihres langen Haares zurück.

„Das habe ich nicht verlangt.", stellte Lou klar, „Es gibt nur keinen Grund seinen Kopf zu verlieren."

Für Chris war das Thema noch nicht beendet und er machte nicht den Eindruck, als hätte er vor sich zu setzen. Er schnalzte mit der Zunge.

„Wir sind keine kleinen Kinder mehr, die ohne nachzufragen dämliche Lügenmärchen glauben. Wer sagt denn, dass wir das Medaillon nicht behalten, wenn wir es finden? Warum sollten wir es dir überhaupt geben?", meinte er an John gewandt und Daphne zischte Chris ein: „Was soll das den werden?", zu.

„Ja, Christian. Was soll das werden?", wiederholte Johnathan laut.

Louise kannte Chris gut genug um zu wissen, dass die wachsende Anspannung ihn nicht störte, sondern begeisterte. Er provozierte gerne.

„Ich weiß noch nicht so genau.", meinte Chris und dehnte seine Finger, „Ich denke, ich könnte eine Chance gegen dich haben."

„Hey, das reicht.", rief Julian. Chris' Blick schnellte zu ihm und nach einem weiteren Moment elektrisierter Stille, ließ Chris sich, mit einem unglücklichen Grunzen, wieder in seinen Stuhl fallen.

Lou dankte Julian in Gedanken dafür, dass er Chris so gut unter Kontrolle hatte. Einen Toten am Tag zu sehen reichte ihr persönlich.

Johnathan räusperte sich, seine Augen blitzten mit einer eisigen Kälte. Es war lange her, dass er Lou zum letzten Mal einen kalten Schauer über den Rücken gejagt hatte, wie jetzt.

„Ich sage das nur einmal und ich sage es deutlich. Das Medaillon hat für mich oberste Priorität. Ich werde nicht zulassen, dass sich irgendjemand, und sei es einer von euch, in meinen Weg stellt."

Etwas in Louise zerbrach, als John mit wehendem Mantel die Hütte verließ.

„Was für eine Katastrophe.", hörte sie Daphne nuscheln und stimmte ihr zu.

Julian nahm ihre Hand und erst jetzt realisierte Louise, dass sie krampfhaft ihre eigenen Finger zerdrückt hatte. Lou gab sich größte Mühe ihre Konzentration auf das Wichtige zu richten, es fiel ihr allerdings schwer so zu tun, als würde nicht alles um sie herum zerfallen. Sie wollte nicht weinen.

Seit sie ihre Tante leblos dort auf dem Boden hatte liegen sehen, hielt sie ihre Tränen zurück. Wie einfach es wäre, jetzt alles hinzuschmeißen.

Louise stand auf. Alle Augen lagen auf ihr, als sie den Raum verließ.

Sie blieb im Flur stehen, betrachtete sich selbst im verstaubten Spiegel der Garderobe. Ihre Haut war bleich, noch bleicher, als normalerweise und ein düsterer Schatten lag über ihr.

Aus ihrer Jackentasche zog sie die goldene Kette, die sie vor einigen Wochen aus Graces Kommode gestohlen hatte. Lou wollte sich das Schmuckstück anlegen, aber ihre zitternden Finger schafften es nicht, den kleinen Karabinerhaken zu öffnen.

„Hier, lass mich."

Louise hatte Julian nicht bemerkt, der hinter ihr stand und sanft ihre Finger von der Kette löste, um den Verschluss zu schließen.

„Danke."

Sie standen eine Weile nur da, sahen sich in der Spiegelung an und schwiegen. Aus der Küche drangen die Stimmen der anderen Drei, sicherlich stritten Chris und Daphne sich. Wie immer eben.

Alles wie immer.

Lou drehte sich um. Julian lächelte, so gelöst und friedlich, wie nur er es konnte.

Er hatte diese Art an sich, dass er sie nur anschauen musste, mit diesem weichen Ausdruck und den tiefen braunen Augen, die ihren so ähnlich waren und doch so anders. So viel sanfter.

Und es fühlte sich so an, als würde alles schon wieder gut werden.

„Hör zu, Lou. Ich habe nachgedacht und... Es ist noch nicht zu spät für uns zu gehen.", begann Julian und strich eine von Louises Locken zurück hinter ihr Ohr.

Die Holzlatten unter ihnen keuchten bei jeder Bewegung und es drang nur noch spärliches Licht zu ihnen durch, sodass Julian Lous Verwirrung nur erahnen konnte.

„Zu gehen? Wohin?"

„Wohin auch immer du gehen willst. Ich will nur sagen, dass wir es schaffen könnten."

Er war so süß.

Lou kam nicht umhin, seine kindliche Naivität zu bewundern. Sie beneidete ihn sogar darum.

Für Julian schien die Welt manchmal so einfach zu sein, während sie für Louise immer komplizierter wurde.

Wollte er wirklich mit ihr davonlaufen? Ein Bild entstand in ihrem Kopf, von einem Strandhaus und Palmen im Garten. Von einem hellen Himmelbett und einem jungen Barkeeper der Cocktails in der Küche mixte, während sie und Julian in der Sonne lagen und das Türkis des Meeres bestaunten.

Ein Traum. Einer, der von der Realität weiter nicht hätte entfernt sein können.

„Du weißt, dass ich nicht gehen kann.", flüsterte Lou und sie konnte in Julians Blick sehen, dass er verstand. Natürlich verstand er sie, niemand hatte sie jemals so gut verstanden, wie Julian.

Lou streckte sich zu ihm hin, ihre Arme um seine Schultern gelegt und küsste ihn. Seine Lippen fühlten sich so warm und vertraut an, dass es schien, als könnten sie allen Schmerz der Welt davon wischen. Julian zog sie näher an sich heran und so verharrten sie, bis Louise daran glaubte, dass sie es tatsächlich schaffen würden.

Nicht heute, nicht in einem Strandhaus, nicht, wie in den perfekten Wunschvorstellungen ihrer Hirngespinste. Sondern einfach so.

Kapitel 8

Louise stand an einer steilen Klippe.

Der Wind peitschte ihr um die Ohren, das Meer rauschte und die Wellen klatschten laut gegen den Felsen.

Ihre Arme hatte sie ausgestreckt. Sie konnte es fühlen.

Jeden einzelnen Wassertropfen im Ozean, jede Zelle, der Bäume hinter ihr, jedes Atom, jede Bewegung, sie fühlte alles. Nur die Kälte fühlte sie nicht, sie fühlte den Schmerz nicht, obwohl ihre nackten Füße blutverschmiert waren.

Sie erkannte, dass es sich um einen Alptraum handeln musste, einer, der sich ebenso realistisch anfühlte wie der letzte, den sie gehabt hatte. Und doch war er so anders.

Lou verzweifelte. Ihre Sinne wurden überflutet mit Reizen und beinahe wünschte sie sich die Taubheit des letzten Traumes zurück. Noch mehr als die Dinge, die sie wusste, beunruhigten sie allerdings die Dinge, die sie nicht wusste.

Wie sie hierhergekommen war, zum Beispiel. Wo sie war.

Sie wusste nicht, wer sie war, nicht wie sie hieß, nicht wie sie aussah.

Ihre Augen waren geschlossen, sie musste sie nicht öffnen, wo sie doch alles um sich herum wahrnehmen konnte. Selbst wenn Louise es gewollt hätte, sie wusste nicht, wie sie ihre Augen öffnen sollte. Sie konnte es nicht. Auch die anderen Teile ihres Körpers konnte sie nicht bewegen.

Sie stand ganz starr da und versuchte nicht zu ertrinken, in ihrer Verzweiflung. Verzweifelt, weil sie wusste, dass sie Angst haben sollte. Aber sie fühlte keine Angst.

Ihre Beine machten einen Schritt nach vorne, ohne dass sie es kontrollieren konnte. Ihre Verzweiflung stieg ins Unermessliche.

Sie konnte alles hier kontrollieren, jedes Blatt, jeden Stein, jeden Wassertropfen, aber ihr Körper gehorchte ihr nicht mehr. Lou ging noch einen Schritt.

Gleich würde sie ins Wasser fallen. Sie würde sterben, in der Flut ertrinken.

Immer noch keine Angst. War es, weil sie wusste, dass es nur ein Traum war?

Ihr Kopf hämmerte. Es war zu viel. Sie sah alles, sie hörte alles, sie spürte alles.

Zu viel.

Den nächsten Schritt ging Louise freiwillig.

Nicht kontrolliert, aber sie wehrte sich nicht, denn sie sehnte sich auf einmal nach dem kalten Wasser das ihren Körper umschloss. Vielleicht würde sie dann weniger hören. Weniger sehen.

Ihre Zehen hielten sich an der Kante der Klippe fest.

Die Kopfschmerzen fielen von ihr ab. Tränen schossen ihr in die Augen, rollten ihr über die Wange. Es waren Tränen der Erleichterung, den endlich fühlte sie es.

Die Angst. Sie schnürte ihr die Kehle zu.

Lou freute sich so sehr darüber, endlich die Angst kommen zu spüren, die sie verdiente, dass sie gar nicht merkte, wie sie sprang.

Sie fiel. Noch nie in ihrem Leben war sie so voller Glück gewesen. Gleich würde sie sterben.

Nichts mehr sehen, nichts mehr hören, nichts mehr spüren.

Ihr Mund öffnete sich. Louise schrie.

Und erwachte.

Schweißgetränkt und schwer atmend saß sie im Bett, neben ihr Julian, der besorgt ihren Rücken streichelte.

„Alles okay?"

Gute Frage. Lou ließ sich zurück in die Kissen fallen.

„Nur ein schlechter Traum."

Das stimmte nicht. Louise wusste, dass es nicht stimmte.

Sie erinnerte sich an Nics Warnungen und schwor sich, Julian niemals davon zu erzählen. Er würde sich nur Sorgen machen und das konnte Lou nicht gebrauchen. Vor allem, da sie nur ahnen konnte, dass das Medaillon auch ihn belastete. Es musste ihn auch belasten, nicht wahr?

Tante Graces mysteriöser Mord war nun etwa drei Wochen her. Louise hatte sich für das Wort Mord entschieden, obwohl die Umstände des Todes immer noch hitzig diskutiert wurden. So oder so, sie mussten das Positive darin sehen.

Zwar konnte Lou Grace nun nicht mehr nach Nic befragen, aber sie hatte Zeit gehabt hat die Briefe viel gründlicher zu lesen und nach wertvollen

Informationen zu durchsuchen. Sie hatte nicht in Erfahrung bringen können, wo sich das Labor in Frankreich befand, aber sie hatte eine neue Idee.

Sowohl die Briefe, als auch das Gespräch mit Nic selber, führten Louise dazu zu vermuten, dass Nic für den nordamerikanischen Geheimdienst arbeitete, was Johnathan und Frank ihr bestätigt hatten.

Alles, was sie also tun musste, war in den nordamerikanischen Geheimdienst einzubrechen und die Dokumente vor Ort zu finden, die ihr zweifelsohne verraten würden, wo das gefragte Labor stand.

Nichts einfacher als das.

Der Plan war in Arbeit und die Arbeit tat gut. Was waren schon ein paar Alpträume? Nichts. Wenn dies das größte Opfer war, welches sie für das Medaillon bringen musste, war diese Mission ein Spaziergang. Na ja. Vielleicht doch eher eine Wanderung.

Lou drehte sich zur Seite, Julian war wieder eingeschlafen. Seufzend stand sie auf und ging in die Küche, um eine Kleinigkeit zum Naschen zu finden und sich wieder zurück ins Bett zu verziehen.

An ihrem Kühlschrank stand allerdings schon jemand.

Das dunkle, leicht lockige kurze Haar war eng angelegt und fiel leicht in die Stirn. Das Gesicht leuchtete gelb, im Licht, der Kühlschranklampe.

„Jake? Was zum Teufel tust du hier?", wisperte Louise entsetzt.

Sie wollte Julian nicht aufwecken. Jake sah auf, schloss die Kühlschranktür und richtete seine Frisur.

In den letzten zehn Jahren, seit Lou ihren Bruder zum letzten Mal gesehen hatte, schien er sich kaum verändert zu haben. Auch an seinem Verhalten hatte sich wenig geändert, denn er zuckte bloß mit den Schultern, rundum gleichmütig.

„Du brichst bei mir ein? Bist du wahnsinnig?"

„Ich bin nicht eingebrochen. Ich habe einen Schlüssel.", verteidigte Jake sich und zuckte erneut mit seinen massiven Schultern.

Er war gut gebaut, muskelbepackt und sonnengebräunt. Oder vielleicht war das auch nur die Dunkelheit in der Wohnung schuld.

Louise nahm sich eine Sekunde, um tief durchzuatmen, bevor sie weiterfuhr.

„Nach zehn Jahren? Nach zehn Jahren tauchst du hier auf und... ja und was eigentlich?"

Noch immer hielt sie ihre Stimme leise, wenn es möglich war, sollte Julian lieber nichts hiervon erfahren. Jake räusperte sich.

Es war eine absurde Situation, wie sie dort stand, vor ihrem Bruder, den sie seit Jahren nicht gesprochen hatte, in ihrer dunklen Küche, Mitten in der Nacht. Doch es wurde noch absurder.

„Ich bin hier, um dich zu meiner Hochzeit einzuladen.", verkündete Jake und Louise musste sich zurückhalten, um nicht in hysterisches Gelächter auszubrechen.

„Normale Leute schicken für so etwas einen Brief. Ich habe einen Briefkasten, weißt du?"

„Seit wann sind wir schon normal?", meinte Jake unbekümmert und schnappte sich einen Pfirsich aus dem Obstkorb.

Dazu wusste Lou nichts mehr zu sagen. Unter anderen Umständen, hätte sie dieses Gespräch vielleicht lustig gefunden, aber sie war nicht in der Stimmung Jakes Launen zu ertragen.

Sie packte den Arm ihres großen Bruders und schob ihn in den Flur und dann zur Haustür hinaus. Keine einfache Aufgabe, da ihr Bruder etwa drei Köpfe größer und zweimal so schwer war wie sie. Zu ihrem Glück wehrte er sich nicht.

Bevor Louise die Tür vor ihm zuschlagen konnte, hielt Jake ihr einen Umschlag entgegen.

„Da stehen die Details drin. Denk wenigstens drüber nach, es würde mir viel bedeuten, wenn du kommst."

Knall. Die Haustür war geschlossen.

Der Umschlag lag schwer in ihren Händen, das Papier glänzte leicht und war sicherlich teuer gewesen. Ungeöffnet warf Lou ihn auf den Tresen. Schlafen konnte sie jetzt vergessen.

Sie musste nicht einmal darüber nachdenken, es verstand sich von selbst, dass Louise nicht die Hochzeit ihres Bruders besuchen würde. Das hätte Jake klar sein müssen, dass er sie überhaupt gefragt hatte...

Als sie das Deckenlicht anknipste, um sich einen Kaffee zu machen, fiel ihr ein weiterer Umschlag auf, der vorher nicht dort gelegen hatte. Weiß, ohne Inhalt oder Beschriftung. Eine Einladung von Samuel.

Um 3Uhr morgens konnte das nichts Gutes heißen.

So oder so, man ließ Samuel lieber nicht warten und daher zog Louise sich leise an, hinterließ eine Nachricht für Julian und spazierte hinaus in die klare Nachtluft.

Lou liebte die Nacht. Es war so still und idyllisch, wie sonst zu keiner Tageszeit. Die Sterne leuchteten hell und es waren kaum Wolken da, die das strahlende Funkeln hätten verdecken können.

Der Vollmond hing groß über ihr, um den Weg zu erleuchten.

Natürlich gab es einen Ort in London, der selbst zu dieser Stunde alles andere, als eine entspannende Idylle war. In Samuels Viertel war es immer laut, immer bunt, immer wild.

Louise ließ es schnellstmöglich hinter sich.

Am Empfang traf sie niemanden an, Dorea schlief wahrscheinlich. Die Glückliche.

Im Büro selber war es stockdüster, nur eine einzelne Kerze stand auf Samuels Schreibtisch und strahlte sein weißes Gesicht an. Er kam ihr beinahe vor, wie ein Geist.

Samuel verschwendete keine Zeit. Noch bevor sie irgendetwas tun, oder sagen konnte, unterbrach er sie mit einem tiefen Flüstern: „Wir werden uns eine ganze Weile nicht mehr begegnen, mein Engel."

Lou schwieg. Samuel fuhr fort.

„Bevor ich mich allerdings um private Anliegen kümmern muss, gibt es einige Dinge, die ich dir sagen möchte. Zwar hatte ich vor, dies zu einem späteren Zeitpunkt zu tun, aber das wird nicht möglich sein. Bitte verzeih mir, Engel, die ungenierte Art. Es bleibt uns keine Zeit, um Floskeln auszutauschen."

Das rote Wachs der Kerze tropfte unaufhörlich herab und bildete eine kleine Pfütze auf dem glatten Holz. Samuel störte sich nicht daran.

„Johnathan ist ein sehr von sich selbst überzeugter Mann. Zu Recht, möchte ich behaupten. Allerdings weißt du so gut wie ich, dass sein Maß an Selbstverliebtheit, nun ja, eine Grenze überschreitet, die ich für problematisch halte. Das ist eine seiner Schwächen, da wirst du mir sicherlich zustimmen."

Louise biss sich auf die Zunge, obwohl sie sehr gerne Samuels eigene Selbstverliebtheit kommentiert hätte. Immerhin war er der Mann, der verlangte, dass man so tat, als sei er der König.

Wie viel Macht er wohl wirklich hatte, ohne die blinkenden Ablenkungen und das glänzende Gold? Auch fragte sie sich, wie viel Samuel tatsächlich wusste, von dem, was vor sich ging und was er wohl plante, von dem sie nichts wussten.

„Ich werde dir nichts verraten, was du selbst erkennen kannst und ich bin mir sicher, dass du es erkennen wirst. Statt einer Antwort also, werde ich dir die Frage geben, die du dir stellen musst und ich möchte, dass du sie dir stellst, wann immer du denkst, du wärst der Lösung ganz nahe gekommen."

Wenn Lou eines nicht hören wollte, war es eine weitere Frage. Sie hatte im Moment so viele davon. Sie ließ Samuel trotzdem aussprechen.

„Die eine Frage, die wirklich zählt, ist die Frage nach dem *Warum*. Nicht das Wie, oder Wann, oder Wo. Du musst stets nach dem *Warum* fragen. Egal, wie schwierig diese Frage auch scheinen mag, höre nie auf danach zu fragen. Die Antwort auf das *Warum* ist das Einzige, was für dich wichtig ist."

Das Flackern der Kerze zog sie mit einem hypnotischen Rhythmus in ihren Bann. Louise bemerkte zu spät, wie ihr Geist leichter wurde, wie ihre Gedanken schmaler wurden. Samuels Stimme, nicht mehr, als ein monotones Murmeln im Hintergrund ihres Verstandes. Orange Flammen, dunkle Luft, innere Leere.

Das nächste, woran Louise sich erinnern konnte, war, dass sie wieder in der kühlen Nacht Londons umherlief, ruhelos und mit pochenden Kopfschmerzen.

Nach einigen Minuten des Umherirrens lichtete sich der Nebel, der ihren Verstand durchzogen hatte und ihr wurde klar, dass Samuel Magie an ihr angewandt haben musste.

Lou blieb stehen. Was war nur geschehen?

Sie versuchte krampfhaft, sich an die letzte halbe Stunde zu erinnern, doch es half nichts. Samuels Zauber war stark, ihn zu brechen würde länger dauern. Louise hätte Johnathan um Hilfe bitten können, doch etwas in ihr weigerte sich, ihm davon zu erzählen. Dieses Geheimnis würde sie für sich behalten, solange es möglich war. Früher oder später für der Zauber brechen, wenn sie Glück hatte später. Er hatte sie verzaubert, vermutlich um Informationen in ihr zu verstecken. Eine Nachricht, so wurden diese Art Zauber zumindest in der Regel verwendet. Es war, wie jemandem etwas auf einen Anrufbeantworter zu sprechen nur, dass der

Empfänger sich nicht aussuchen konnte, wann er die Nachricht abhörte. Egal.

Im Moment stand wichtigeres an, als Samuels komische Spielchen.

Durch die langen Reihen verlassener Häuser hindurch drangen die ersten Sonnenstrahlen des Tages. Louise wollte nicht zurück nach Hause gehen, zu Julian, und sie wollte nicht woanders hin. Sie wollte mit niemandem reden und niemanden sehen. Also setzte sich auf eine hölzerne Parkbank am Straßenrand und sah der Sonne beim Aufgehen zu. Sie fühlte sich frei.

Das grelle Hell des Himmels blendete Lou und sie hielt eine Hand vor ihre Augen.

Nach und nach verblasste mit dem inneren Nebel auch der Schwindel, denn sie zuvor verspürt hatte.

Sie wollte einfach für immer dort sitzen bleiben. Die Welt anhalten und atmen.

Oder weglaufen, sowie Julian es vorgeschlagen hatte. Der Gedanke wurde immer verlockender. Unmöglich, das wusste Lou. Niemals würde sie ihre eigene Ehre derart verraten können, ihre Loyalität war zu tief in ihrem Selbst verwurzelt. Man vertraute auf sie, die Zukunft lag schwer auf ihren schmalen Schultern. Ihr Rücken schmerzte.

Die wilden schwarzen Locken flogen umher und zerrten an ihrer Kopfhaut, als wünschten sie sich ebenfalls fort. Louise wollte nicht weitermachen, nicht nur wegen des Medaillons, oder, weil es ihr Angst einjagte.

Sie blinzelte. Ihr wurde wieder schwindlig, möglicherweise vom Abklingen des Zaubers.

Vermutlich sollte sie aufstehen und zurück nach Hause gehen, bevor sie noch ihr Bewusstsein auf einer Bank zwischen verlassenen Ruinen verlor. Aber der Anblick des kommenden Morgens war so schön, dass er sie nicht gehen ließ.

Mit jedem Tag verstand sie besser, wie falsch Johnathan lag, in allem, was er ihnen gelehrt hatte und wie falsch es von ihnen gewesen war, blind zu bleiben und alles zu glauben, was man ihnen eindrosch. Der Augenblick für diese Art von moralischen Bedenken hätte nicht unpassender sein können, so spielte das Leben eben. Wie viel Blut guter Menschen klebte an ihren Händen?

Sie dachte auch an ihre Familie. An ihren Bruder, der heiraten würde und an ihre Eltern.

Ihre Mutter, die sich nach fünf Stichen nicht mehr bewegt hatte und ihr Vater, der trotzdem noch zehnmal zugestochen hatte. Ihr Vater, der die kleine Eve mit dem Messer, an dem noch das Blut ihrer Mutter geklebt hatte, den ersten Stock hochgejagt hatte. Ihr Vater, dem sie mit nur einem gezielten Schuss ein miserables Ende geschenkt hatte.

Zugegeben, das Feuer welches sie gelegt hatte, um ihre Spuren zu verwischen, war etwas übertrieben gewesen und sie hatte auch nicht geplant, dass der Gasherd eine kleine Explosion verursachen würde. Sie war so jung gewesen. Eine Menge Glück hatte sie gehabt, dass sie weder gestorben noch erwischt worden war.

Glück, oder war es John gewesen, der im Hintergrund die Fäden gezogen hatte?

Der Schwindel wich wieder. Wenn sie Glück hatte, würde sie nicht in Ohnmacht fallen.

Es war nicht das erste Mal, dass Lou sich solche Fragen stellte und mit Sicherheit würde es auch nicht das letzte Mal sein. Nur ändern tat es ja doch nichts.

Louise stand auf und klopfte sich den Schmutz der Nacht von ihren Kleidern.

Es wurde Zeit.

Zeit zurückzugehen und ihre Pflicht zu erfüllen.

So wie eine gute Soldatin es eben tat.

30.Juni 1981
Polizeibericht der Londoner Strafverfolgung.

Am Abend des 21. Juni 1981 meldeten Nachbarn ein
Feuer in einem Wohnhaus, das nach
Zeugenaussagen durch eine starke Explosion
verursacht wurde.
Die Ermittler stellten fest, dass es sich bei dem
Ursprung der Explosion um den Gasherd in der
Küche handelte.
Die Zeugen berichteten von lauten
Kampfgeräuschen.
In der Familie war es wohl öfter zu Streitigkeiten
gekommen.
Auch sollen einige Nachbarn Schreie gehört haben.
Die zuständige Ermittlerin versicherte den Behörden
allerdings wiederholt, dass es sich nicht um
mutwillige Brandstiftung handelte.
Aufgrund dieser Aussage der Kollegin wurde der
Fall als Unfall an die Pressestelle übermittelt.
Es wurden zwei Erwachsene Leichen in dem Haus
gefunden, die sich zu den Personalien von Joe
Scriven und seiner Frau Isabelle Scriven zuordnen
ließen.
Die beiden Kinder, Jake Scriven (11j.) und
Evangeline Louise Scriven (5j.) bleiben weiterhin
vermisst.
Wir nehmen an, dass die beiden Toten an den Folgen
des Feuers starben.
Warum die Gasherde explodierten ist bisher
ungeklärt.

*Die Konzentriertheit der Druckwelle, die dafür
Sorge trug, dass das Haus zu einem großen Teil noch
intakt ist, weist auf Auswirkungen von außen hin,
aber man konnte für diese Annahme keine weiteren
Beweise finden.*

*Der Gerichtsmediziner ist auf Nachfrage nicht
bereit, seine zuvor getätigten Aussagen zum
Versterben der Familieneltern vor Gericht zu
wiederholen, wobei er vor ein paar Tagen noch
Bedenken äußerte, da anhand seiner Beobachtungen
sowohl Joe als auch Isabelle Scriven bereits tot
waren, als der Herd explodierte.*

*Damals sprach er bei beiden Toten von
Stichverletzungen und Anzeichen eines
Überlebenskampfes.*

Er zog seine Bedenken aber wieder zurück.

*Das Feuer konnte schnell genug unter Kontrolle
gebracht werden, sodass die angrenzenden Gebäude
keinen weiteren Schaden davontrugen.*

*Die Suche nach den Kindern wird selbstverständlich
fortgeführt.*

Fall abgeschlossen.
Unterschrift der zuständigen Ermittlungsleiterin.
Coco Russel.

Kapitel 9

„Wir dürfen keine Zeit mehr verschwenden. Der Plan ist idiotensicher, wir kriegen das schon hin."

Louise klang sehr viel selbstbewusster, als sie sich tatsächlich fühlte. Der Plan war riskant, sehr sogar. Man brach nicht einfach so in ein beliebiges Büro irgendeines Geheimdienstes ein. Die Alternativen fehlten ihnen allerdings und sie standen unter Zeitdruck. Es war schon zu viel Zeit vergangen.

Wenn Nic schlau war, hatte er das Medaillon in den letzten drei Monaten seit ihrem Gespräch bereits bewegt, neu versteckt, keine Spuren hinterlassen. Würde Lou die verantwortliche Abteilung leiten, hätte sie bereits alle Büros aufgelöst, keine Mitarbeiter hinterlassen, die eigene Familie genommen und wäre weit weggerannt. Immerhin wusste er, dass sie nach dem Medaillon suchten. Alles worauf Louise ihren Plan also stützen konnte war die Hoffnung, dass Nic anständiger war als sie und um einiges gutgläubiger.

Daphne war ebenfalls nicht überzeugt.

„Lou, ich weiß ja nicht. Wem nützt es, wenn wir uns in eine Selbstmordmission stürzen?"

Daphne war klug. Zu klug, um an den Erfolg dieser Schnapsidee zu glauben.

„Wir sollten nicht unüberlegt die Mission riskieren und lieber unsere Chance abwarten.", stimmte Julian zu.

Sie hatten sich spontan in Daphnes Esszimmer getroffen, sie hatte in ihrer kleinen pinken Stadtvilla als einzige einen Tisch, der groß genug war, um allen

Karten, Dokumenten und Unterlagen Platz zu bieten. Sie hatten Raumpläne des Regierungsgebäudes in Kanada, Nics Briefe, einige wenige zerstreute Quellen über das Medaillon und ähnliches. Anne saß mit schwingenden Beinen auf einer Kommode neben einer Zimmerpflanze, als würde sie zur Einrichtung gehören. Chris hatte noch nichts gesagt, er stand nur mit verschränkten Armen in der Ecke und lauschte.

„Kommt schon.", gab Louise ihrem Vorschlag noch einen letzten Überzeugungsversuch, „Wir sind schon in besser gesicherte Einrichtungen eingebrochen. Das wird eine reine Routinesache."

Daphne nahm einen der Pläne und überflog ihn, als hätte sie ihn nicht schon ausreichend geprüft.

Sie wollte Lou zeigen, dass sie dem Plan wirklich eine faire Chance gab.

Dann legte sie den Plan wieder hin und sah sie entschuldigend an.

„Sorry Süße, aber da werde ich dir nicht bei helfen. Wir müssen uns was Besseres einfallen lassen."

Chris kam näher an den Tisch heran, stellte sich neben Louise hin und warf einen Blick über die Papiere.

„Tja, die Beiden haben recht. Das wird nichts."

Lou stöhnte. Das war's also. Sie hatten keinen Plan.

Von hinten umarmte Daphne sie und legte ihren Kopf auf Louises linke Schulter.
„Uns fällt schon was ein, uns fällt immer etwas ein."

„Ich schlage vor, dass ich mit Daphne nochmal ins Archiv gehe. Vielleicht finden wir ja was.", meinte

Julian und Daphne gab ein: „Gute Idee.", von sich. Louise hielt das für einen dämlichen Einfall, aber sie protestierte nicht. Immer noch besser, als nichts zu tun.

Zu zweit verließen Daphne und Julian kurz darauf das Gebäude und Anne folgte ihnen wortlos.

Sobald niemand mehr in Hörweite war, klatschte Chris in die Hände.

„Packen wir es an."

Mit einer hochgezogenen Augenbraue sah Lou zu, wie Chris sich an den Tisch setzte und mit einem Stift die Linien auf dem Blueprint nachzog.

Er bemerkte ihre Skepsis und grinste ohne aufzusehen.

„Was? Angst?"

„Hältst du es für schlau, hinter dem Rücken der anderen an einem Plan zu arbeiten, der schon mit allen zusammen riskant gewesen wäre?", erwiderte Louise und Chris zuckte nur mit den Schultern.

„Es ist dein Plan, oder nicht? Wie kann da schon was schiefgehen? Außerdem können wir nicht ewig hier herumsitzen und abwarten, wir müssen endlich was tun. Das weißt du, das weiß ich. Julian und Daphne werden sich schon dumm fühlen, wenn wir das Ding alleine holen."

Verlockend wäre es schon und Lou hätte den Plan nicht vorgeschlagen, wenn sie ihn nicht für möglich halten würde. Im Grunde war es ganz simpel. Zwei Personen würden durchaus ausreichen.

Riskant ja, aber nicht unmöglich und Chris hatte recht. Wie lange wollten sie noch Däumchen drehen? Sie mussten endlich handeln und Resultate erzielen.

„Schön, wir machen es. Zu zweit, wenn es sein muss.", stimmte Louise zu.

„Erstes Problem, wie finden wir das Gebäude?"

Chris' Frage war berechtigt. Solch hochgesicherte Einrichtungen fand man weder auf Karten, noch würde man einfach so zufällig darüber stolpern.

Mit den richtigen Kontakten war jedoch alles möglich.

„Ich habe die Koordinaten bereits, Penelope hat mir noch einen Gefallen geschuldet."

Penelope Preston war ehemalige Außenministerin von Groß-Britannien. Dank ihrer eigenen Arbeit und auch dank Samuel, hatte Lou viele verlässliche Kontakte zu wichtigen Drahtziehern und Machthabern in der ganzen Welt. Vor wenigen Jahren hatte Louise für Penelope einen nicht ganz legalen Waffendeal mit einer kleinen Söldnertruppe im Mittleren Osten ausgehandelt und vertuscht.

„Den Rest der Sicherheitsmaßnahmen zu umgehen, wird um einiges schwieriger. Kameras, Wachen, Schlösser, Alarme, Lesegeräte. Daher habe ich Chloé um Hilfe gebeten."

„Chloé.", kommentierte Chris, offensichtlich wenig begeistert.

Chloé hatte Louise einmal aus einer missglückten Mission in der Kalahari Wüste gerettet und seitdem waren sie irgendwie befreundet. Wenn jemanden einen vor einer Hinrichtung bewahrte, kreierte das ein unerwartet starkes Bündnis. Chloés hauptsächliches Talent lag in der Kunst der Tarnung und des Identitätsdiebstahls, was dafür sorgte, dass sie hunderte von Namen und Leben überall hatte.

Lou mochte sie als Chloé kennen, aber das war nur eine von vielen Fassaden, die das mysteriöse Mädchen aus der Wüste annehmen konnte.

Woher Chris sie kannte und warum er sie nicht mochte wusste Louise nicht und sie hatte keine Lust darauf, es jetzt in Erfahrung zu bringen.

„Chloé kann uns die nötigen Schlüsselkarten, Uniformen und Ausweise besorgen, die man braucht um ohne Probleme reinzukommen. Den Rest müssen wir selber hinkriegen, mit ein wenig magischer Finesse dürfte das machbar sein.", beendete Lou ihren Vortrag.

Chris nickte zufrieden. „Klingt doch gut. Weißt du wo genau Nics Büro..."

Aus Lous Tasche ertönte die laute Vibration ihres Handys und unterbrach Chris' Gedanken. Louise entschuldigte sich kurz und ging in den Flur, bevor sie den Anruf entgegennahm.

„Lou? Hier ist Dr. McHarris."

„Doc? Das ist lange her, dass ich von Ihnen gehört habe. Warum rufen Sie mich..."

„Ich brauche deine Hilfe."

Louise meinte dumpfe Kampfgeräusche auf der anderen Seite des Hörers zu vernehmen.

„Ist alles in Ordnung?"

„Ich wusste nicht, wen ich sonst... du musst sofort herkommen."

Ein lauter Lärm, dann Rauschen.

„Dr. McHarris?"

Keine Antwort.

Louise legte auf. Sie rief Chris zu sich, zog ihn ohne weitere Erklärungen hinaus auf die Straße und schubste ihn in ihr Auto. Technisch gesehen wohl immer noch sein Auto. Wie auch immer.

Ihr Verstand funktionierte absolut routiniert und es war eine merkwürdige Erleichterung, nach all dem Chaos und den Unsicherheiten endlich in einer Situation zu sein, in der sie wusste, was zu tun war.

Sie fuhren schnell und dennoch brauchten sie fast vier Stunden, bis sie endlich am Ziel ankamen. Chris stellte keine Fragen, auch er schien in eine natürliche Routine gefallen zu sein und die Beiden stiegen aus. Ohne zu zögern, stieß Lou die Glastür auf, mit der Aufschrift:

Dr. Matthew McHarris.
Facharzt für Nervenheilkunde
Sprechzeiten:
Mo - Mi: 14:00-18:00
Weitere Termine nach Vereinbarung.

Sie hasteten die Treppen nach oben und betraten die Praxis.

Hinter dem Empfang saß eine junge Frau, die gelangweilt auf einer Tastatur tippte.

Sie hatte dunkles kurzes Haar, welches in alle Richtungen abstand und trug große bunte Juwelen an goldenen Ketten überall um ihre kastanienbraune Haut geschlungen. Lou meinte sie zu kennen, aber vermutlich war sie einfach ein Typ. Ein Typ Frau, denn man nicht zu selten antraf. Diejenigen, die so anders sein wollten, dass sie wieder wie alle anderen waren.

Auf ihrem Kopf trug sie große Kopfhörer aus denen gedämpft Musik drang, was wohl der Grund dafür war, dass sie Chris und Louise nicht bemerkte.

Umso besser. Ohne die Empfangsdame zu beachten, lief Lou durch den langen Flur und öffnete die Tür zum Geschäftszimmer von Dr. McHarris.

Dr. Matthew McHarris war nicht irgendein beliebiger Psychiater.

Nachdem seine erste Frau, magischer Herkunft, verstorben war, war der renommierte Arzt, trauernder Witwer und liebender Vater in eine prekäre Lage gekommen. Denn er war kein Magier.

Er hatte gedroht, alles zu verlieren, als Unbegabter, alleine in einer Welt, in der Leute seiner Art immer noch verfolgt und ermordet wurden. Kein Patient hatte noch zu ihm kommen wollen, er hatte sein Haus nicht mehr bezahlen können und wäre kurz davor gewesen, das Sorgerecht für seine Kinder zu verlieren.

Zu Matthews Glück, war sein Vater einmal ein Freund von Johnathans Vater gewesen.

Louise hatte Matthew damals Angela vorgestellt, eine gutaussehende Magierin, die sich ohne lange nachzufragen für die richtige Summe gleich mit dem hübschen Doktor vermählen ließ. Die beiden waren noch immer verheiratet und könnten nun wirklich unglücklicher sein.

Sie liebten sich nicht, aber welche Ehepaare taten das schon?

Ab und zu hatte er Lou danach noch zum Essen mit der neuen Familie eingeladen und sie waren beinahe gute Freunde geworden.

Dazu würde es nun nicht mehr kommen, denn Matthew McHarris lag tot auf dem polierten Marmorboden seiner Praxis.

„Chris, hol die Sprechstundenhilfe rein."

Während Chris ging, um die junge Frau an der Theke darauf aufmerksam zu machen, dass im Raum nebenan jemand gestorben war, ging Louise näher an die Leiche heran und hockte sich neben Matthew auf den Boden. Im Grunde wusste Lou es schon, sie hatte den Schuss durch das Handy gehört und tatsächlich. Ein Kopfschuss.

Louise steckte gerade die Brille des Doktors ein, als sie den hohen Schrei der Frau hinter sich hörte und sich umdrehte.

„Oh, mein Gütiger!"

Die Frau schlug ihre Hände vors Gesicht und Chris hielt sie an der Schulter fest, damit sie nicht in den Raum rennen und alles durcheinanderbringen konnte.

Die Begrüßung sparte Lou sich. Sie stellte sich so hin, dass sie den Blick auf die Leiche verdeckte und fragte dann: „Wie heißt du?"

„O...Octavia."

Octavia schluchzte hinter vorgehaltenen Händen, ihre Augen wurden rot und Tränen liefen ihr schmales Gesicht hinunter.

„Octavia, wer hat außer dir und Dr. McHarris heute diese Praxis betreten oder verlassen?"

„Ich... Ich weiß nicht... Sag mal, wer seid ihr überhaupt?"

Sie riss sich von Chris' Griff los und schluchzte noch etwas lauter. Louise seufzte.

Chris packte Octavias Schulter, etwas fester dieses Mal, und schob sie aus dem Raum.

„Was, was tust du?", kreischte Octavia.

„Wir gehen in den Raum nebenan. Da können wir in Ruhe reden.", antwortete Chris und mit einer verunsicherten, sich wehrenden Octavia ging er in das nächstgelegene Behandlungszimmer.

Der Tatort war ziemlich nichtssagend. Bis auf eine zerbrochene Vase in der Ecke gab es keine Anzeichen eines Kampfes, was nicht ganz zu dem Telefonat passen wollte. Lou fand keine Waffe. Sie brach ihre halbherzige Untersuchung ab, als Chris eine viertel Stunde später zurückkam. Ohne Octavia.

„Sie hat nichts gesehen und nichts gehört.", bestätigte er Lous Vermutung.

Wäre ja auch zu einfach gewesen. Noch ein Mord, wieder ohne Verbindung zum Medaillon und doch konnte Louise auch hier das Gefühl nicht loswerden, dass er etwas damit zu tun hatte.

Doch was hatten Tante Grace und Matthew McHarris gemeinsam? Nichts, so schien es.

Vielleicht dachte Lou zu viel darüber nach, die Morde waren einander nicht ähnlich. Das Timing war merkwürdig, konnte aber auch purer Zufall sein. Am Ende war McHarris eigentlich nicht ihr Problem.

War es etwa ihre Aufgabe Morde in England aufzuklären? Nein. Sie war herkommen, weil sie gedacht hatte, Matthew könnte ihre Hilfe gebrauchen. Offenbar war ihm nicht mehr zu helfen.

Damit war Louises Teil erledigt.

„Dann lass uns verschwinden. Wir sind zu spät gekommen.", fasste sie zusammen.

Gerade, als Louise sich im Türrahmen noch einmal umdrehte, um den armen Doktor ein letztes Mal anzusehen, klingelte das Telefon auf Dr. McHarris Schreibtisch.

Neugier überkam Lou und ohne lange zu überlegen, ging sie hin und nahm den Hörer ab.

Sie bereute es sofort, als sie die Stimmer erkannte, die ihr ins Ohr redete.

„Dr. McHarris? Ich muss mit Ihnen reden."

Louise hängte auf, ohne etwas zu sagen.

„Wer war dran?", wollte Chris wissen.

Sie musste es ihm nicht sagen, an ihrem Blick alleine konnte er es erkennen.

„Johnathan.", beantwortete er seine eigene Frage und schüttelte den Kopf.

John hatte nichts mit McHarris zu tun, hatte Lou zumindest gedacht. Musste das etwas bedeuten, oder konnte es sich um puren Zufall handeln? Immer mehr Puzzleteile fielen ins Bild und keines wollte an ein anderes passen. Mit einem Schlag hörte Louise Samuels Stimme in ihrem Hinterkopf.

Du musst stets nach dem Warum fragen.

Warum sollte John den Doktor anrufen, am selben Tag, an dem dieser ermordet wurde? Warum war Matthew McHarris überhaupt ermordet worden? Warum hatte er Louise angerufen und um Hilfe gebeten, anstatt jemanden zu alarmieren, der viel näher gewesen wäre?

So viele Warum-Fragen, aber keine davon führte irgendwo hin.

Kein Wunder, sie sollte aufhören, Ratschläge von Samuel anzunehmen. Der alte Mann war verrückter, als jede Person, die Lou kannte und das sollte etwas heißen.

Dann, gerade als Louise damit abschließen wollte, dass sich manche Fragen wohl einfach nicht beantworten ließen, fiel ihre Aufmerksamkeit auf ein Notizbuch. Aufgeklappt lag es in der Mitte des Tisches. Lou hätte schwören können, dass es eben noch nicht dagewesen war, aber womöglich hatte sie es zuvor übersehen.

Jake Scriven stand da und daneben *2:30pm.*

Das war's.

In dieser Sekunde hörte Louise auf, an Zufälle zu glauben und im neuen England gab es nur einen Menschen, den man aufsuchte, wenn man jede Hoffnung verloren hatte: Henric, der Händler.

Lou und Chris fuhren zurück nach London, sie gingen zu Daphne, um die Pläne einzupacken. Danach schickte Louise Chris davon und setzte sich wieder ins Auto.

Etwa eine Stunde vom Stadtkern gab es einen Ort, der allgemein, als Geisterstadt bekannt war, obwohl es sich dabei natürlich um reinsten Blödsinn handelte. Der Stadtteil war nicht verlassen, ganz im Gegenteil.

Er war zu einer Sammelstelle für Schwarzmarkthändler, Drogenkuriere und anderer Gestalten geworden, die den Scheinwerfern der Öffentlichkeit lieber entkommen wollten.

Als Louise ihren Wagen abstellte und ausstieg, war es bereits dunkel geworden.

Hier waren die Überbleibsel der Seuche und die letzten Atemzüge des Krieges gegen die Krankheit noch immer frisch. Die Wände der nackten Hochhäuser waren mit roter Farbe bemalt, dort, wo die Bewohner versucht hatten mit kurzen Nachrichten Hilfe anzulocken. Die Fenster und Türen waren bei den meisten Gebäuden mit Brettern vernagelt und der Asphalt der Straße, durchzogen mit tiefen Schluchten und Schlaglöchern.

Henric war einer der bekanntesten Bewohner der Geisterstadt.

Ein schlaksiger Taschendieb, der einem fast alles verkaufen konnte, vorausgesetzt, man bezahlte den richtigen Preis. Louise hatte bereits bei der ersten Begegnung mit ihm festgestellt, dass Henric im Gegensatz zur allgemeinen Meinung kein hinterlistiger oder gar gewalttätiger Krimineller, sondern viel eher ein schüchterner Verschwörungstheoretiker mit einem schlechten Filmgeschmack war.

Lou klopfte an der halb herunter gebrochenen Holztür und ein breit gebauter bärtiger Mann erschien in der Tür.

Der Türsteher musterte Louise, erkannte sie, nickte und ließ sie hinein.

Henric saß auf der Fensterbank und kam Lou entgegen, als er sie bemerkte.

„Na, wenn das nicht unsere kleine Prinzessin ist, ich dachte schon, hab ich's nicht gesagt Guster? Ich dachte schon, du kommst nicht mehr.", hustete Henric nach einem festen Handschlag und schlug seinem Sohn Guster spielerisch auf die Schulter.

Guster rollte die Augen, stand auf und ließ Henric mit Louise und den drei bewaffneten Wachmännern alleine.

„Kinder. Die soll mal einer verstehen.", kommentierte Henric und bot Lou an sich zu setzten, während er eine schmutzige Packung Zigaretten aus seine Hosentasche fischte.

Guster konnte kaum zehn Jahre alt sein, doch war er groß und kräftig und magische Kinder wuchsen sowieso schon schneller auf als nichtmagische, was es schwieriger machte, sein Alter einzuschätzen. Aber für Smalltalk war Louise ohnehin nicht gekommen.

Unter den zahlreichen Waren, mit denen Henric handelte, war er für eines am bekanntesten geworden: der Handel mit Informationen.

Von denen konnte Lou im Moment eine Menge gebrauchen, doch ließ sie sich nur ungern auf einen Deal mit Henric ein, solange es sich vermeiden ließ. Denn die wirklich wertvollen Produkte ließen sich nicht mit Geld bezahlen.

„Ich muss alles wissen, was du über Johnathan und das Medaillon der Engel weißt."

Louise machte sich Sorgen. Sorgen um ihre Freunde, Sorgen um sich selbst, Sorgen um ihren Bruder, aber vor allem, Sorgen um John. Sie dachte an Nic zurück und daran, wie er den Fluch des Medaillons beschrieben hatte und Stück für Stück wurde ihr klar, dass nicht sie in Gefahr war, sondern Johnathan.

Er hatte schon sehr viel länger einen Kontakt zum Medaillon aufgebaut, er war bereit alles für das

Medaillon zu riskieren, er hatte sie sogar bedroht. Sollte es Beweise dafür geben, dass John sowohl in den Mord von Grace, als auch den von Matthew verwickelt war, musste Lou davon wissen und sollte es einen Weg geben, das Medaillon zu finden und dann zerstören, musste sie es erst recht wissen.

Henric schmunzelte.

„Ich habe damit gerechnet, dass du eines Tages mit dieser Frage an meine Tür klopfen würdest, habe nur darauf gewartet. Ja, gewartet habe ich. Der Zeitpunkt ist passend, passend ist er in der Tat. Der kleine Junge, er war in demselben Alter, als er herkam und mich danach fragte. Nur, dass ich damals nicht gewusst habe wonach er fragte, nein, ich wusste es nicht. Heute weiß ich es.", sagte er und pustete dabei kleine Rauchwolken in die Luft.

Bevor Louise noch einmal nachfragen konnte, fügte Henric hinzu: „Du bist trotzdem umsonst hergekommen, denn ich werde dir nichts erzählen. Gar nichts. Es ist besser für dich, wenn du so wenig wie möglich weißt. Menschen, die viel über diese Angelegenheiten wissen leben nämlich nicht sehr lange, in der Regel."

Obwohl Henric ihr lächelnd seine gelben und schiefen Zähne zeigte, erkannte Lou die Angst tief in seinen Worten und schon wieder fühlte sie sich, als würde sie ein loses Ende derselben Geschichte finden.

„Sei nicht enttäuscht.", beendete Henric das Gespräch, stand auf und bat Louise mit einer Geste zu gehen.

142

„Es wäre ohnehin nicht viel, was ich darüber weiß, ich weiß nur, dass es kein Glück bringt und Unglück kann ich in diesem Haus nicht gebrauchen. Du gehst jetzt besser, bevor du mir die Geister aus deinem Verstand noch in mein Wohnzimmer schleppst."

Das war es also. Bei Henric half kein Bitten und kein Flehen, wenn er eine Entscheidung getroffen hatte, dann war sie endgültig. Sie wusste das. Also stand Lou wortlos auf und folgte Henric hinaus. Im Türrahmen griff Henric nach Lous Hand.

„Ich sage dir, was ich Johnathan auch gesagt habe. Pass auf dich auf und treib dich nicht zu viel in den Schatten herum. Da wohnen die Dämonen unsere Zeit."

Dann drehte er sich um und Louise stand alleine in der dunklen Gasse.

Was für ein Tag.

Kapitel 10

Endlich war der Tag gekommen. Der Tag, an dem Louise aufhörte herumzusitzen und zu warten und stattdessen zur Tat schritt.

Wenige Wochen war es erst her, dass sie und Chris den Entschluss gefasst hatten, auch ohne die Unterstützung und das Wissen der anderen nach Informationen über den Aufenthaltsort des Medaillons im Hauptquartier des nordamerikanischen Geheimdienstes zu suchen.

Trotz der geringen Vorbereitungszeit war der Plan perfekt. 5 Sicherheitsstufen gab es zu überwinden, bis Louise Nics Büro erreichen konnte und auf jede einzelne davon war sie vorbereitet.

Jetzt stand sie dort, wenige Meter von dem massiven Betonklotz entfernt in der fremden Uniform der nordamerikanischen Regierung und bewegte sich so selbstsicher, wie nur irgendwie möglich auf die hohen Doppeltüren des Haupteinganges zu.

Sicherheitsstufe Nummer 1: Die magische Barriere. Kein Problem.

Die magische Barriere war genau 10 Meter vor dem Eingang errichtet worden, unsichtbar und gefährlich. Sobald sie einen magischen Impuls erfasste, der vom System als nicht autorisiert eingeordnet wurde, löste diese Falle einen Alarm aus. Leider waren diese Fallen verbreitet und simpel zu umgehen, wenn man gelernt hatte seinen eigenen magischen Impuls zu kontrollieren, anzupassen oder sogar temporär verschwinden zu lassen. Louise passierte die Grenze. Kein Alarm. Gut.

Sicherheitsstufe Nummer 2: Die Wachen vor dem Eingang. Ein wenig komplizierter.

Hier kam Chris ins Spiel. Ihn hatten sie noch an diesem Morgen eingeschleust, Chloé hatte ihnen dabei geholfen einen der regulären Wachen verschwinden zu lassen und da diese, aus einem Louise unbekannten Grund, bei der Arbeit stets Gasmasken trugen, würde Chris so lange niemandem auffallen, wie er ohne verdächtig zu wirken schweigen konnte. Hoffentlich reichte dieses Zeitfenster aus.

Louise näherte sich der Tür. Vier Wachen standen dort, zwei rechts und zwei links von ihr. Es musste nur einer dieser Wachen sie durchwinken, damit niemand einschritt. So zumindest hatten sie es in den letzten Wochen beobachtet. Es funktionierte. Chris winkte sie durch, die anderen Wachen standen still. Louise lief durch die Glastür. Niemand hielt sie auf. Perfekt.

Sicherheitsstufe Nummer 3: Die Überprüfung der Marke durch eine der Sekretärinnen.

An dieser Stelle wurde es ein klein wenig knifflig. In Louises ursprünglicher Idee hätten sie mehr Leute in das Gebäude einschleusen können, jetzt aber musste sie von einer echten Mitarbeiterin des Geheimdienstes überprüft werden.

Die Eingangshalle war vom Boden bis zur Decke mit silbernem Stahl und weißem Marmor ausgekleidet. Drei Schalter befanden sich vor ihr, an jedem saß ein Mitarbeiter in derselben grauen

Kleidung und demselben vielbeschäftigten Ausdruck. Über ihnen an einer Empore stand in schwarzen Lettern der Leitspruch der nordamerikanischen Regierung geschrieben: *In der Kühnheit liegt Genie, Macht & Magie.*

Beinahe lag eine Gewohnheit in der Art, wie Louise lächelnd an den Schalter trat und der Frau mit den blonden Locken ihren falschen Ausweis hinhielt.

Die Beeinflussung des menschlichen Verstandes durch Magie war eine empfindliche und präzise Kunst, die nur von wenigen beherrscht wurde. Das führte allerdings auch dazu, dass sich nur die wenigsten Einrichtungen gegen ein solches Vorgehen schützten und kaum ein Magier überhaupt wusste, wie man sich gegen so etwas wehren konnte. Hoffentlich war diese arme Frau nicht die Ausnahme von der Regel.

Die Mitarbeiterin nahm den Ausweis entgegen und sah auf. Für eine Sekunde klappte ihr Mund auf, als wolle sie etwas sagen, doch dann legte sich ein kaum sichtbarer Nebelschleier über das helle grün ihrer Augen und ihr Mund schloss sich wieder. Lou war so sehr in ihre Konzentration auf den Zauber vertieft, dass sie beinahe vergaß den Ausweis wieder zurückzunehmen, als die fremde Frau vor ihr sie mit leicht verträumten Blick und ohne weitere Fragen durch die Schranke ließ. Den falschen Ausweis scannte sie nicht.

Das war geschafft. Wenn der Zauber korrekt ausgeführt worden war, und das sollte er sein, würde der Nebel sich in wenigen Sekunden verflüchtigen und die Frau am Schalter würde nichts mehr davon wissen, was in der letzten Minute passiert war. So eine kleine Zeitlücke würde ihr höchst wahrscheinlich nicht auffallen und selbst wenn, wer schob kleine Zufälle nicht allzu oft auf die eigene Orientierungslosigkeit?

Es schmerzte Louise beinahe, wie einfach das gewesen war. Diese Frau schien immerhin genug auf Magie zu halten, um für eine der größten magischen Regierungen des Planten zu arbeiten. Wenn sie nur etwas weniger Zeit damit verbracht hätte, sich auf dem hohen Ross ihrer magischen Gene auszuruhen und tatsächlich mal in ihrem Leben ihre Magie trainiert hätte...es war traurig. Wie konnten die meisten Menschen ihre Fähigkeiten dermaßen vernachlässigen? Nun...Lou wollte sich nicht beschweren.

Sicherheitsstufe Nummer 4: Die Kameras.

Hinter der Eingangshalle befand sich ein Treppenhaus, welches in alle fünf Stockwerke des Gebäudes führte. Zehn Überwachungskameras befanden sich in diesem Treppenhaus, fünf davon würden Louise auf ihrem Weg in den dritten Stock sehen. Darum hatten sie sich schon gekümmert.

Wenn man sich gut genug auskannte und genug Zeit hatte, war es nicht besonders kompliziert einen unverdächtigen Loop auf den Monitoren der Sicherheitsbeamten laufen zu lassen, während die Kameras alle ausgeschaltet waren. In ein paar Tagen würde es bestimmt jemandem auffallen, dann würde man realisieren, dass jemand zumindest den Versuch gewagt hatte, unbefugt den Geheimdienst zu betreten.

Bis dahin war es dann sowieso egal. Niemand würde sie finden.

Nic mochte vermuten, dass sie es gewesen waren, aber was konnte er schon tun?

Lou gelangte weitaus problemlos in das richtige Stockwerk, jeder hier wirkte viel zu vertieft in seine eigene Arbeit, als dass er das unbekannte Mädchen in der Uniform beachten würden.

Die fünfte und letzte Sicherheitsstufe war das Schloss an Nics Bürotür und der damit verbundene Alarm.

Natürlich hatten sie sich versichert, dass Nic heute nicht arbeitete.

Von allem war eine Bürotür aufzubrechen die einfachste Übung. Nachdem der magische Alarm ausgeschaltet war, nichts einfacher als das, war Louise mit ein paar gekonnten Handgriffen an ihrem Zielort angekommen: Nics Arbeitsplatz.

Für das Büro eines Abteilungsleiters des Geheimdienstes eines der größten magischen Länder des Planeten waren die Räumlichkeiten enttäuschend.

Die Wände waren weiß gestrichen und kahl, an der linken Seite war ein kleines Fenster und der Boden war hier nicht länger aus dem harten Material des Steins und Metalls gebaut, sondern aus billig aussehendem Laminat. Der Schreibtisch war klein und aus demselben hellen Holz gefertigt, wie der Aktenschrank auf der rechten Seite. In der Ecke stand eine Zimmerpflanze.

Nun, jedenfalls würde es nicht lange dauern das Zimmer zu durchsuchen.

Die meisten der Ordner im Aktenschrank waren sehr uninteressant. Viel Magietheorie, Forschungsberichte, historische Analysen und Protokolle zu allerlei Themen. Viel spannender waren die E-Mails, die sauber ausgedruckt neben dem Computer abgeheftet worden waren und ordentlich aufeinanderlagen.

Lou blätterte durch die Papiere und überflog die Mails grob, bis sie an einer bestimmten hängen blieb:

Regierungsprojekt durch Zusammenarbeit des unabhängigen demokratischen Staat Frankreich und der magischen Demokratie Nordamerikas unter der Führung von Ursula McOslan, Ministerin für Magiegefährdung und innere Sicherheit und Nic Theodor Grant, Abteilungsleiter der Behörde für magische Gefahrengegenstände, im Namen des französischen Premierministers Martin Glucos.

Hiermit erteile ich, als zuständige Ministerin in Absprache des Premierministers, Ihnen die Erlaubnis, mit der Arbeit an Gegenstand 017 zu beginnen.
Bei jeglichen Zwischenfällen, ist eine zuständige Mitarbeiterin der Regierung zu informieren. Das Gefahrenpotential ist nicht zu unterschätzen, jegliche Hinweise auf die Zurückhaltung von Informationen von Ihrer Seite wird zu sofortigen Konsequenzen führen.

Sollten Sie dieser Aufgabe nicht gewachsen sein oder Zweifel am Erfolg des Projektes hegen sind diese Gedanken ebenfalls zu melden.
Der Forschungsgegenstand wird in den nächsten Tagen in Ihrem Labor eintreffen, in dem Wissen, dass er dort in fähigen Händen aufgehoben ist.
Ich muss Sie ebenfalls nochmals daran erinnern, dass mit größter Vorsicht darauf geachtet werden muss, dass die zuständigen Wissenschaftler im Stonelabor ehrfürchtig mit den Informationen umgehen. Vor allem in Kontakt mit ihren Familien. Von hier an liegt die Verantwortung auf Ihrer Seite.

Ich wünsche Ihnen ganz ehrlich alles Glück der Welt.
Mit dem größten Respekt und Dank für die Arbeit, die Sie für unser Land leisten,

unterzeichnet,
31.03.1973, Paris.
Ursula McOslan.

Das Stonelabor. Zum ersten Mal, hatte Louise einen Namen zu dem Ort, an dem das Medaillon gewesen sein musste.

Sie konnte ihren Erfolg kaum fassen. Bis...

„Ihr seid wirklich gut. Ehrlich, es ist beeindruckend, dass du es so weit geschafft hast, in so kurzer Zeit. Es war amüsant euch zusehen, bei eurem Vorhaben."

Louise erstarrte mitten in ihrer Bewegung und blickte auf.

Nic stand in der Tür, mit dem selben sanften Lächeln, wie bei ihrem letzten Treffen. Dieses Mal jedoch, erhellte Belustigung sein Gesicht.

Lou lies den Ausdruck in ihrer Hand sinken und schob ihn schnell zwischen die anderen, damit Nic später nicht nachverfolgen konnte, welchen sie gelesen hatte. Falls das auch nur im Geringsten hilfreich war.

Obwohl Nic seinen Spott zurückhielt kam Louise sich mit einem Schlag unfassbar dumm vor. Doch musste sie sich nicht anmerken lassen, dass ihr Plan gescheitert war.

„Du hast dir ganz schön viel Zeit gelassen, Nic. Ich hatte dich früher erwartet.", behauptete sie und klang dabei anscheinend unverschämt überzeugend, denn Louise meinte, in Nic einen Anflug von Zweifel zu erkennen.

Sie mochte einen Fehler gemacht zu haben, oder auch mehr als einen, doch würde sie diesen Tag als Erfolg zählen, wenn sie Nic glaubhaft machen konnte, dass sie ihm einen Schritt voraus war.

„Schön, jetzt bin ich ja hier. Setz dich und wir können reden.", bot Nic ihr bereitwillig an.

Lou war mittlerweile längst klar, wo ihr Fehler gelegen hatte.

Sie hatte sich selbst gehetzt gefühlt, die wachsende Furcht um das, was das Medaillon Johnathan antat im Nacken und hatte durch mangelnde Vorbereitung übersehen, dass Nic sie erwartet hatte. Sie wusste nicht genau, wie lange er schon gewusst hatte, was sie geplant hatte. Wie lange er sie schon dabei beobachtete, wann genau er es herausgefunden hatte. Es spielte keine Rolle.

Kooperativ ging Lou zu der anderen Seite des Schreibtisches, sodass Nic sich auf seinen gewohnten und sie sich auf den für Besucher drapierten Stuhl setzte.

„Da meine gutgläubigen Warnungen offenbar keine Früchte getragen haben, werde ich dir nun erzählen, wie ich das Medaillon gefunden habe. Vielleicht sprechen die Fakten ja für sich."

Die Art, wie er sich vorlehnte und Louise ansah war so eindringlich, dass sie unwillkürlich ein Stück zurückwich.

„Das Medaillon der Engel ist den meisten magischen Regierungen dieser Welt schon lange kein Geheimnis mehr. Vor vielen Jahren, lange vor deiner Zeit, hat es Gerüchte und Verschwörungstheorien zu etwas gegeben, was sie das Bermudadreieck nannten. Damit war ein Seegebiet im westlichem Atlantik gemeint, in dem angeblich auf mysteriöse Weise immer wieder Schiffe oder Flugzeuge verschwanden. Natürlich konnten die Unbegabten niemals den wahren Grund für diese Unglücksfälle herausfinden. Wer hätte auch ahnen können, dass dort, auf dem Grund des Meeres ein magisches Medaillon lag?"

Lou hing an jeder einzelnen von Nics Aussagen, obgleich das meiste davon nach Märchen und Lügen klang. Aus seinem Mund schien es Sinn zu ergeben.

„Die nordamerikanische Regierung hat mich vor etlichen Jahren genau für dieses Projekt rekurriert. Leider, kann ich mich nicht damit rühmen gewusst zu haben, wo es steckte, bis ein armer Magier seine Leidenschaft fürs Seefahren entdeckte und wohl über diese Strecke gefahren ist und den unfassbaren magischen Impuls spürte. Wie ein guter Bürger informierte er gleich die nächsten Behörden, doch war der Mann alt und schwach und verfiel schon bald darauf dem Wahnsinn, so stark, dass ihm keine sinnvollen Berichte mehr entnommen werden konnten. Dank seinem Hinweis jedoch fand das Team meiner Kollegin aus Frankreich das Medaillon.", er nickte zu dem Stapel Mails in dem Louise eben noch geblättert hatte.

„Das ganze Team der tapferen Seefahrer und Taucher ist verstorben, der letzte hat fast zehn Jahre überlebt. Am Ende hat der Wahnsinn sie alle dahingerafft."

„Was heißt das genau, der Wahnsinn habe sie dahingerafft?", unterbrach Lou ihn und Nic schluckte.

„Die meisten haben sich selbst das Leben genommen, als sie die Visionen und Stimmen nicht mehr ertragen konnten. Manche weigerten sich zu essen, zu trinken oder zu schlafen. Einige wenige haben Herzinfarkte und Schlaganfälle erlitten. Der menschliche Körper, nicht einmal der eines Magiers, ist darauf ausgerichtet so viel Schmerz zu ertragen."

Louises Gedanken entglitten ihr. War es das, worauf John zusteuerte? Würde sie dabei zusehen müssen, wie sein Schicksal ihn einholte?

Nic erriet ihre Fragen, konnte sie vermutlich an dem Grausen in ihrem Blick ablesen.

„Meine größte Angst ist nicht etwa die, dass mein Bruder an der Gewalt des Medaillons zugrunde geht. Seit Jahren kann ich nachts nicht schlafen, weil ich versuche die Frage zu beantworten, was mit der Welt geschieht, falls John das Medaillon tatsächlich unter seine Kontrolle bringen kann. Was würde ein Mann wie er mit unendlicher Macht anfangen? Kannst du das mit Gewissheit sagen?"

Nein. Konnte sie nicht.

Johnathan war ihr nie wie der Typ erschienen, der die Weltherrschaft oder etwas ähnlich lachhaftes jagte. Er scherte sich weder um Geld und Ansehen, noch um Prestige.

Plötzlich jedoch konnte Lou das Bild von John auf einem Thron sitzend und mit einer Krone auf seinem dunkelbraunen Haar nicht mehr vertreiben. In ihren schemenhaften Vorstellungen grinste er schief und schwarzes Blut klebte am Saum seiner roten Robe.

Schnell verjagte sie diese wirren Hirngespinste und schüttelte sich.

„Was John mit dem Medaillon vorhat geht mich nichts an und dich im Übrigen auch nicht.", betonte Louise ohne dabei zu wissen, wen sie überzeugen wollte.

„Das geht jeden etwas an, denke ich. Vor allem dich.", widersprach Nic.

„Aber das soll jetzt egal sein. Weißt du Lou, du kannst hier alles auf den Kopf stellen, wenn du willst. Das Medaillon ist nicht mehr im Stone Labor und ich weiß nicht, wo es sich momentan befindet. Falls dich das beunruhigt, kannst du dir gar nicht vorstellen, wie ich mich fühle. Aber so ist es eben.

Das Labor ist verlassen, seit Jahren schon. Das Medaillon verschwunden. Du bist umsonst hierhergekommen."

Da war Louise anderer Meinung. Selbst, wenn Nic die Wahrheit sagte, was Louise sowieso anzweifelte.

Nur, weil er und seine Regierung das Medaillon vom Labor aus nicht weiter hatten verfolgen können, hieß das nicht, dass sie es nicht konnte.

Mit einem Schwung stand sie auf und nahm die ausgedruckten Mails vom Schreibtisch an sich.

„Das Angebot nehme ich gerne an. Ich gehe davon aus, dass du Kopien hast?", und ohne eine Antwort abzuwarten, drehte Lou sich um und verließ erhobenen Hauptes das Büro.

Hinter sich hörte sie Nic lachen und meinte dazwischen ein: „Du bist meinem Bruder viel zu ähnlich.", zu verstehen.

Vor dem Haupteingang wartete Chris bereits auf sie, nicht mehr im Wachmann Outfit, sondern in Jeans und T-Shirt auf einer Bank im Eingangsbereich sitzend.

„Wir sind aufgeflogen.", stellte er das Offensichtliche fest, während er neben ihr herlaufend das Gebäude verließ.

Ja, sie waren aufgeflogen. Und das war das Beste, was ihnen hätte passieren können.

Kapitel 11

Sie mussten zurück nach Frankreich.

Dies war eine der Haupterkenntnisse, die Louise am nächsten Tag zog, als sie Zuhause saß und den unendlichen Fluss der E-Mails las.

Ziemlich schnell wusste sie auch, wohin genau sie wollte. Zwar fand sie nirgendwo den genauen Standort des Labors, aber eine Menge persönlicher Daten über die Mitarbeiter, die an dem Medaillon geforscht hatten. Allem Anschein nach gab es einen Überlebenden namens Erik Markson.

Der stand unter Beobachtung der Regierung, machte aber einen so harmlosen Eindruck, dass man ihn bisher in Ruhe gelassen hatte. Er würde Lous erster Zielpunkt sein.

Danach, wenn Erik ihnen verraten hatte, wo es war, würden sie das verlassene Labor aufsuchen.

Einen Plan B gab es nicht. Sie war ja schon froh darum, einen Plan A zu haben.

Wenn sie nichts fanden, dann... daran wollte Louise gar nicht denken. Der Gedanke, dem Medaillon trotz aller Anstrengungen nicht näherzukommen, schmerzte sie. Die Erfolge würden kommen, bald. Sie mussten einfach kommen.

Ein Klopfen an der Tür schob sich zwischen ihre Gedanken.

Louise war nicht wirklich nach einem Gespräch zumute. Nicht nach diesem Tag.

Es klopfte erneut. Und noch einmal.

„Lou, ich weiß, dass du da bist. Ich schwöre dir, wenn du mir die Tür nicht aufmachst...“

Daphne kam nicht dazu sich eine passende Drohung auszudenken, denn Louise stand auf und ließ sie hinein, bevor sie noch versuchte die Tür einzutreten.

„Na also."

Daphne sah sich im Wohnzimmer um und entdeckte die Ausdrucke auf dem Boden liegen.

„Sag mal, kannst du mir erklären was hier vor sich geht?"

Sie konnte es versuchen.

„Ich und Chris waren in Kanada. Die Mails sind aus Nics Büro."

„Ihr seid solche Vollidioten.", schnaubte Daphne, dabei musste sie so etwas in der Art geahnt haben. Blöd war sie schließlich nicht. Überraschen dürfte sie das außerdem kaum, nicht zum ersten Mal hatten Louise und Chris hinter dem Rücken der anderen riskante oder tollkühne Aufträge durchgeführt.

„Es hat geklappt, oder etwa nicht?"

Lou zeigte auf die Unterlagen, ohne zu erwähnen, dass der Plan alles andere als geklappt hatte, oder zu erläutern, wie sie die Mails aus dem Büro hatte entwenden können.

Auch so zeigte sich Daphne nur wenig beeindruckt.

Auf Fremde mochte Daphnes Verhalten gehässig wirken, aber Louise wusste, dass sie sich bloß Sorgen gemacht hatte. Niemand hatte Lou bisher so oft wieder zusammenflicken und niemand hatte ihre dämlich waghalsigen Entscheidungen in der Vergangenheit so häufig ausbaden müssen, wie Daphne.

„Also gut. Was hat uns das ganze gebracht?",
fragte Daphne laut und ohne eine Antwort
abzuwarten, setzte sie sich auf den Boden um die E-
Mails lesen zu können.

Lou ließ ihr Zeit und ging zur Küche, um zwei
Tassen Kaffee aufzusetzen.

Daphne erinnerte sie manchmal an Cinderella, aus
dem alten Disneyfilm. Elegant und wunderschön.
Bis auf den Unterschied, dass man Cinderella nie
eine Splittergranate in eine unbewachte Siedlung
werfen sah.

Den Film würde Louise sich anschauen. Sie kehrte
mit den Kaffeetassen zu Daphne zurück, die einen
Zettel nach dem anderen las.

Dann passierte etwas Eigenartiges.

Vor Lous Augen blitze es. Einmal, zweimal. Sie
blinzelte, wollte die Sinnestäuschung verjagen.

Mit einem lauten Klirren zerbarsten die Tassen auf
den Fließen unter ihren Füßen, als Louises Hände
anfingen zu zittern. Ihr Herz raste.

Ihr wurde warm, sehr warm und in ihren Ohren
klingelte es.

Ein Bild tauchte vor ihr auf, verschwommen in
der Ferne. Ein schwarzer Farbfleck, der ungestüm
hin und her hüpfte. Ein Teil von Louise meinte
Daphnes Stimme zu hören, doch drang kaum etwas
durch den hohen Ton, der immer schwerer auf ihr
Trommelfell drückte.

Der schwarze Fleck wurde größer und an den
Seiten wuchsen ihm große dunkle Flügel, die sich
nun zu einem stummen Takt auf und ab bewegten.
Ein Vogel, ein Rabe vielleicht, der sie direkt

anblickte mit schief gelegtem Kopf und halb geöffneten Schnabel.

Nicht mit den typischen stecknadelkopfgroßen Kulleraugen, nein.

Er besaß nämlich keine. Statt Augen befanden sich in den Höhlen silberglänzende Blütenblätter, die einen schimmernden Edelstein umfingen.

Das war das Letzte, was Louise erkennen konnte, bevor sie ein heftiges Brennen auf ihrer Wange verspürte und der Vogel sich erschrocken in Rauch auflöste.

Daphnes Gesicht erschien vor ihr und Louise realisierte, dass sie nach hinten gefallen war und jetzt mit schmerzendem Hintern in einer Kaffeepfütze saß.

„Louise!"

Nach dem lauten Klingeln, wirkte Daphnes Stimme seltsam gedämpft, obwohl sie schrie.

Louise atmete schwer aus und stützte sich mit den Händen am Boden ab, um aufzustehen. Sie verlor den Halt auf der nassen Unterlage und rutschte ein Stück zurück. Daphne hielt sie fest.

Wieder eine Vision? Eine Halluzination? Sie sah hinab, um ihre Vermutung zu bestätigen und tatsächlich, auf ihrem rechten Arm zeichnete sich dieselbe rot leuchtende, langsam verblassende Rune ab.

Zufall? Unwahrscheinlich.

Ihr Kopf brummte. Sie sah zur Seite und für den Bruchteil einer Sekunde verwischten die Linien ihrer Wohnung und ein hellgrüner Schleier legte sich über ihre Umgebung. Sie drehte ihren Kopf zurück.

Dieses Mal blieb der Schleier etwas länger. Vögel zwitscherten. Wind wehte durch ihre Haare.

Beim dritten Mal blieb das Grün so lange, dass Lou meinte den Umriss von Bäumen darin zu sehen und der harte Boden verwandelte sich in warme, trockene Erde, die an ihren Händen kleben blieb.

Louise kniff die Augen zu, beruhigte ihren stockenden Atem und als sie wieder aufschaute, schien alles normal zu sein.

Daphne griff nach ihrem Kinn und zwang sie, ihr in das in Falten gelegte Gesicht zu sehen.

„Louise?", rief sie erneut und Lou brachte ein: „Mir geht's gut.", heraus, bevor sie sich noch eine Ohrfeige einfangen konnte.

„Ja, klar. Dir geht's super.", murmelte Daphne, stand auf und kam wenige Sekunden später mit einem Glas Wasser zurück.

Louise nahm es und leerte es in einem Zug. Erst beim Trinken merkte sie, wie sehr ihre Kehle brannte.

Daphne legte ihr eine Hand auf die Stirn.

„Du hast kein Fieber. Ein gutes Zeichen, oder?"

Im Moment war Lou sich unsicher, ob es so was wie *gute Zeichen* gab.

Ihre Glieder bebten. Erschöpfung drohte sie zu übermannen, aber wenn Louise nach all dem eines nicht tun konnte, war es sich auszuruhen.

War es nicht genau das wovor Nic sie gewarnt hatte? Die Halluzinationen, die Träume, die Stimmen?

Aber ging das nicht alles etwas schnell? Wie lange würde es dauern, bis sie ihren Verstand verlor? Nach

Grace und Matthew... war sie die Nächste, die sterben würde?

Das würde Lou wohl oder übel herausfinden.

Die roten Linien auf ihrem Arm waren verschwunden. Sie bekam das schwache Gefühl, dass sie das Zeichen schon einmal gesehen hatte, konnte sich aber nicht daran erinnern, wo.

Louise hievte sich auf ihre wackligen Beine und schnappte sich einen unbeschriebenen Zettel und einen Bleistift.

Vier Dinge zeichnete sie.

Erst das Dorf, das sie vor wenigen Monaten auf dem Hügel gesehen hatte. Dann den Vogel, mit den Blüten anstatt der Augen, dann den Wald und zuletzt leicht verzerrt die Linien der Rune.

Daphne betrachtete skeptisch das Endergebnis.

„Ist das…?"

„Das sind die Sachen, die ich gesehen habe. Und die Rune."

Es passte nicht zusammen. Nicht nur die Bilder. Das Aufleuchten der Rune auf ihrer Haut musste bedeuten, dass etwas, oder viel eher jemand, von ihrer Magie Gebrauch machte. Nicht nur dürfte das nicht einmal möglich sein, es ergab auch einfach keinen Sinn.

Wenn sie wenigstens die Rune Identifizieren könnte.

Daphnes Fokus rutschte allerdings auf ein anderes Detail.

„Ist das nicht das versteckte Dorf?", fragte sie und zeigte auf die Skizze der ausgebrannten Häuser.

Le village caché. Das versteckte Dorf.

Das versteckte Dorf war eine kleine Unbegabtensiedlung gewesen, an der Mittelmeerküste im Süden von Frankreich. Einer der größten und bestgeschützten Unbegabtensiedlungen, die es jemals gegeben hatte.

Samuel hatte ihnen vor etwa zwei Jahren aufgetragen, das Dorf ausfindig zu machen und zu vernichten, als sie aber die Stelle erreicht hatten, hatte der Ort schon so ausgesehen, wie Louise ihn in ihrer Vision gesehen hatte. Warum nur, hatte sie die Siedlung nicht sofort wiedererkannt?

Damals hatten sie sich nicht viel daraus gemacht, Unbegabte wurde von allen möglichen Gruppen, Söldnern und Organisationen gejagt. Jemand musste ihnen zuvorgekommen sein.

Jetzt, zwei Jahre später, fragte Louise sich, ob da mehr hinter gesteckt haben konnte. Warum sollte das Medaillon ihr Visionen von diesem Dorf zeigen?

Doch darum konnte sie sich erst mal keine Gedanken machen, denn Johnathan rief an.

Hatte John bereits davon gehört, dass sie und Chris in Kanada gewesen waren? Natürlich musste er es wissen. Nichts konnte man vor diesem Mann in England geheim halten.

Innerlich stellte sie sich also auf eine Standpauke ein und nahm mit einem halblauten: „Ja?", das Gespräch entgegen.

Falls Johnathan von Kanada wusste, hatte er offenbar größere Probleme.

„Samuel ist verschwunden."

Bei der Erwähnung Samuels wurde Louise unwohl.

Sie hatte niemandem vom ihrem letzten Treffen mit ihm erzählt und bei allem was vorging, hatte sie es selbst beinahe vergessen. Die Erinnerung holte sie ein, so kräftig, dass sie Mühe hatte, ihre Stimme ruhig zu halten.

„Verschwunden?"

Wage meinte Lou sich zu erinnern, dass Samuel gemeint hatte, sie würden sich eine Weile nicht mehr sehen können, dass er allerdings einfach *verschwand,* war mehr als besorgniserregend.

Samuel hatte keine offizielle Position in der Regierung, aber keiner der zwei Augen im Kopf hatte konnte bestreiten, dass er einen großen Einfluss hatte. Viele Menschen verließen sich auf ihn, auf seine Befehle.

„Verschwunden.", bestätigte Johnathan, „Dorea hat es mir gesagt. Sonst darf keiner davon erfahren, aber das Mädchen ist einfach verzweifelt. Ich weiß, dass du eine Menge um die Ohren hast, aber ich brauche dich. Ohne Samuel fällt nicht nur dieses Land auseinander. Sobald Leute vermuten, dass etwas nicht stimmt, ist das für uns Game Over. Ich kann nicht hier sitzen und hoffen, dass Samuel so schnell wie möglich zurückkommt. Der Alte, muss seine Verrücktheiten auch immer gerade dann ausleben, wenn es sowieso schon brennt. So ein..."

John brabbelte vor sich hin, so wie es immer tat, wenn er nervös wurde.

Lou hingegen hatte ihr Fazit schon geschlossen. Sie legte auf und schüttelte den letzten Rest der Schwindelgefühle ab. So wahnsinnig es sich auch anhörte, Louise hatte keine Zeit für Halluzinationen.

Nicht, wenn das Land um sie herum zerfiel.

Samuel spielte ein Spiel mit ihnen. Sie wusste nicht was für eines oder worum sie spielten, aber er spielte und sie mussten gewinnen.

Leider hatte Louise keine Ahnung, wie sie das anstellen sollte. War das Medaillon der Schlüssel zur Lösung all ihrer Probleme oder musste sie eins nach dem anderen machen?

Das Medaillon für eine Weile vergessen? Das fühlte sich falsch an.

In der Regel vertraute Lou ihren Instinkten, in letzter Zeit schienen diese aber immer seltener richtigzuliegen.

„Was ist los?", wollte Daphne wissen.

Louise hatte fast vergessen, dass sie noch dastand.

„Nichts.", log Lou und obgleich Daphne ihr die Lüge anmerken musste, hakte sie nicht nach.

„Nach Frankreich?"

„Nach Frankreich."

Johnathan

Frustriert, warf Johnathan das Handy auf den Tisch.

Die Lage war angespannt, wenn sie auch momentan stabil wirkte.

Alles, was er nun tat, konnte womöglich einen Bürgerkrieg auslösen und Louise steckte viel zu tief in der Sache mit dem Medaillon drin, um hilfreich zu sein. Die Zeit rannte ihm davon.

Zwar war John daran gewöhnt, Verantwortung für bedeutende Entscheidungen zu übernehmen, aber diesmal ging es um mehr. So viel mehr.

Wenn er das Medaillon erst einmal hatte, konnte Samuel nichts mehr tun, um ihn aufzuhalten, doch er musste ehrlich zu sich selber sein: Johnathan hatte einen Stein ins Rollen gebracht, über den er jegliche Kontrolle verloren hatte.

Ein lautes Klopfen an seiner Bürotür ließ ihn verwundert aufschauen.

Wer klopfte zu so später Stunde noch an seiner Tür?

Es konnte keines der Kinder sein. Chris, Anne, Daphne, Louise und Julian hatten sich angewöhnt durch Johns Räume ein und aus zugehen, wie es ihnen passte und vor allem, ohne anzuklopfen.

„Die Tür ist offen!", rief er und nahm noch einen Schluck Kaffee, bevor er die Tasse auf dem Schreibtisch abstellte.

Überrascht stand er auf, als Jake Scriven unsicher sein Büro betrat.

Er hatte den Jungen nicht mehr gesehen, ja, eigentlich hatte er ihn bisher nur einmal getroffen. Vor zehn Jahren. Johnathan hatte dennoch eine gewisse Ahnung, warum er gekommen war.

Jake war im letzten Jahrzehnt gealtert und schien doch keinen Tag älter zu sein.

„Lange her, Jake.", begrüßte John ihn und schüttelte höflich Jakes Hand.

Jake war das Unbehagen deutlich anzusehen.

Er vermied es John direkt ihn die Augen zu blicken und seine muskelbepackte Gestalt duckte sich leicht, als hoffe er nicht sonderlich aufzufallen.

„Hallo. Es ist ziemlich kurzfristig, ich weiß. Aber ich mache mir Sorgen."

Gespannt setzte John sich und bedeutete Jake mit einer Geste das Gleiche zu tun.

Nach einer zögerlichen Pause sprach Jake weiter.

„Vor einigen Wochen hat Samuel mich angerufen."

„Du kennst ihn?"

„Bis dahin nicht, nein."

Johnathans Stirn kräuselte sich nachdenklich. Damit hatte er nicht gerechnet.

Samuel? Was hatte er mit all dem zu tun? Was genau spielte er eigentlich mit John? Jake redete weiter.

„Er hat mich um etwas gebeten und ich vermute, dass Lou es Ihnen nicht erzählen würde, aber ich weiß auch nicht. Ich weiß nicht einmal, ob sie es weiß. Mir fällt nichts Besseres ein.", murmelte Jake, mit jedem Wort leiser werdend.

Als er den letzten Satz sagte, flüsterte er fast: „Ich habe Dr. Matthew für ihn ermordet."

Diese Lüge kam nicht unerwartet. John tat verwundert.

„Dr. Matthew? Der Psychiater?"

„Genau der."

Dr. Matthew McHarris hatte nichts mit John zu tun. Seinen Namen kannte er und er wusste, dass Louise mit ihm zusammengearbeitet hatte. Johnathan merkte sich nicht alle Namen, geschweige denn wusste er von allen Aufträgen, die Lou erfüllte. McHarris war ihm vor wenigen Wochen bereits wieder in den Sinn gekommen.

John wusste, dass er ermordet worden war. Persönlich hatte er nie mit Matthew in Kontakt gestanden, dass Samuel was damit zu tun hatte, das war ihm allerdings neu. Und dann dämmerte es Johnathan.

Samuel hatte nichts damit zu tun, er spielte ein Spiel. Er hatte Jake hierhergeschickt, um John anzulügen. Den armen Jungen. Eine weitere Erkenntnis holte ihn ein. Samuel spielte.

Aber er spielte nicht mit ihm.

Aus diesem Grund hatte er keinen einzigen Hinweis gefunden, keinen Ansatz wie er dieses Spiel gewinnen konnte. Denn er konnte es nicht.

Weil er gar nicht spielte.

Er konnte keinen Ausweg finden, denn er war nicht derjenige, der in der Klemme steckte.

In dieser ganzen Geschichte war es von Anfang an nicht um ihn gegangen.

Vom aller ersten Moment an, als Samuel in dem Park vor 8 Jahren zum ersten Mal Louise erblickte, von da an war es nicht mehr um ihn gegangen. Mit einem Mal ergab alles einen Sinn.

Er war vollkommen unwichtig, nur eine Spielfigur, die hin und her geschoben wurde, ohne das große Ganze zu erblicken. Es passte alles zusammen und es war nicht nur Samuel absolut egal, was mit John passierte.

Adalar interessierte sich auch nicht für ihn.

Sie hatten nie auf derselben Stufe gestanden.

Sie alle hatte einen Plan. Einen Plan, der sich nicht darum scherte, was John tat oder dachte.

Es ging nicht um ihn.

Es ging um Louise.

Wusste sie davon? Ahnte sie es? Konnte sie überhaupt begreifen, wie wichtig sie war?

Selten hatte John sich so machtlos gefühlt, erschlagen von der Erkenntnis, dass sein Streben nach Ruhm und Macht sinnlos war. Sein Streben nach dem Medaillon.

Er würde es nie bekommen. Johnathan hatte vermutet, dass das Medaillon nicht für ihn bestimmt war und dennoch hatte es gejagt.

Egal wie sehr John sich anstrengte, niemals würde es ihm möglich sein, das Schicksal jemand anderen zu stehlen.

Verstand Louise es schon, oder war sie noch dabei es herauszufinden?

Es musste Dinge geben, die sie ihm verschwiegen hatte. Schließlich gab es so vieles, was er ihr verschwiegen hatte. Wie lange belog sie ihn schon?

John war kein Teil dieses Krieges, er war kein Teil von irgendetwas. Daran würde sich niemals etwas ändern.

Er war nicht auf dem Weg zu unendlicher Macht, er war nur eine kleine Marionette, die an ihrem einsamen Faden herumzappelte.

Lou war diejenige, die Auserwählte.

Sie ging den Pfad, von dem John gehofft hatte, es könnte seiner werden.

Sie wusste nichts davon, ahnte nicht wie wichtig sie war, welche Bedeutung ihre Entscheidungen auf die Zukunft der gesamten Menschheit haben würde.

Aber sie würde es wohl oder übel herausfinden.

Hoffentlich, bevor es zu spät war.

Kapitel 12

Nach Frankreich zu kommen war schockierend einfach.

Sie hatten einfach einen Flug nach Spanien genommen und waren von dort aus mit Autos gefahren, zack über die Grenze. Man hatte sie weder aufgehalten, noch entdeckt.

Zufolge der Unterlagen betrieb Erik Markson einen kleinen Anglerladen in einer der Touristenhochburgen in Südfrankreich.

Zu fünft liefen sie durch enge Gassen, vorbei an kleinen Souvenirläden und gemütlichen Cafés am Boulevard, während die Nachmittagssonne sich sanft durch die hohen Fassaden schlängelte, um den Urlaubern einen Hauch von Wunder zu schenken.

„Wir sollten öfter zusammen Urlaub machen.", verkündete Chris, der im Vorbeilaufen einem hübschen Jungen in Badeshorts zulächelte.

„Ich will dir ja nicht deine Illusion nehmen, aber wir sind nicht im Urlaub."

Chris ließ sich von Daphnes Augenrollen nicht stören.

Der Anglerbedarf von Erik Markson fiel unter den vielen bunten Geschäften nicht sonderlich auf, er reihte sich mit seinen Postkartenständern und großen Schildern, die Preisreduzierungen anzeigten, perfekt in seine Umgebung ein. Louise und Julian betraten den Laden allein, die anderen warteten. Routine.

Die kleine Glocke klingelte schrill. Der Innenraum war beengt, rechts und links stapelten sich Produkte in Holzkisten bis unter die Decke.

Angeln, Köder, Zelte, Westen, Fernrohre und weiterer Ramsch war dazwischengeworfen worden. Erik kam vom hinterem Teil des Raumes auf sie zu gewatschelt. Es war kaum zu übersehen, dass dieser Mann seine besten Jahre schon hinter sich hatte. Sein Bart war ungepflegt, sein kitschiges Hawaihemd war schmutzig und spannte ihm leicht über seinem Bierbauch, seine Beine steckten in labbrigen Badeshorts mit rot/blauem Muster, seine Füße in den dazu passenden Flip-Flops.

„Bonjour!Bonjour!", rief er und kam mit ausgestreckten Armen auf sie zu.

„Was kann ich für sie tun?"

Sein alberner französischer Akzent war etwa so falsch, wie der goldene Zahn, der beim Reden immer wieder aufblitzte.

„Ja ähm, ich habe eine Frage.", setzte Julian an und sah sich mit skeptischem Blick in dem hässlich dekorierten Müllhaufen um.

„Wie kommt man auf die blöde Idee, Anglerzeug an Magier zu verkaufen?"

Erik lachte zwar, doch Nervosität schlich sich in seine Stimme. Seine kleinen Schweineaugen huschten zur Tür und er schluckte.

„Na, also. Ein kleines Leben hier. Sie sind Briten? Wie schön.", sagte Erik ohne falschen Akzent und wich einen Schritt zurück.

Das würde einfacher werden als gedacht. Julian zückte ein Klappmesser, Erik fiepste.

Mit einem Ruck drehte sich sein plumper Körper und warf dabei zwei Ständer um. Mit hektischen Schritten watschelte er Richtung Hintertür.

„Hilfe! Er hat eine Waffe!", quiekte er, „Hilf mir doch jema..."

Louise und Julian sahen dabei zu, wie Erik die Hintertür aufschlug um Chris hereinzulassen, der Erik mit einer mühelosen Bewegung gegen einen Stapel Holzkisten drückte.

„Wo wollen Sie denn hin?"

Erik kannte solche Szenen höchstwahrscheinlich bisher nur aus schlecht gedrehten Filmen mit Schauspielern, die gespielt dramatisch herumbrüllten und mit Maschinenpistolen herumfuchtelten. Die Art von Filmen, die man sich abends nur dann im Fernsehen ansah, wenn man nichts Nennenswertes zu tun hatte.

Also sagte Erik das, was er aus den Filmen gelernt hatte.

„Tun Sie mir nichts! Ich habe Geld."

Louise musste leicht Lachen.

„Das bezweifle ich, haben Sie sich ihren Laden mal angesehen?"

„Ich werde schreien! Ich geh zu Polizei!", quäkte er panisch.

„Das will ich doch hoffen.", ermutigte Chris ihn und ließ von ihm ab. Schwer atmend stolperte Erik nach vorne.

„Kommen Sie. Einen Versuch ist es wert."

Erik bewegte sich nicht. Schweiß perlte sich auf seiner roten Stirn ab.

„Was wollt ihr von mir?"

„Wir sind wegen des Medaillons hier."

Zu aller Überraschung beruhigte Eriks Statur sich schlagartig.

„Ach so.", murmelte er und stellte sich etwas aufrechter hin.

Offensichtlich hatte Erik noch viel gefährlichere Feinde als sie.

„Ja, das Medaillon. Glaubt ihr etwa, ihr seid die ersten, die deswegen herkamen?"

Er nahm sich einen Flachmann aus der Brusttasche seines Hemdes und genehmigte sich einen tiefen Schluck. Prustend wischte er sich mit der Rückseite seiner Hand den Mund ab.

„Aber, wenn ihr dafür hier seid, seid ihr dämlicher, als ihr ausseht. Ich würde doch nicht mehr hier sitzen und billigen Kram an Touristen verkaufen, wenn ich wüsste, wo dieses Ding liegt. Hab es weder gesehen, noch angefasst. Wie viele Jahre habe ich daran gearbeitet? Nichts weiß ich. Gar nichts."

Das war in Ordnung. Louise hatte gewusst, dass Nic diesen Mann nicht hier herumlaufen ließe, wenn er solch wichtige Informationen besaß.

„Erzählen Sie uns von ihrer Arbeit.", forderte sie und Erik nahm einen weiteren Schluck aus seinem Flachmann.

„Wie ihr sehen könnt bin ich kein Held. Ich bin ein armseliger Dreckssack, mit zu viel Speck auf den Rippen. Aber das war nicht immer so. Ich bin in einer reichen Familie aufgewachsen, habe beste Bildung erfahren. Oh ja, ich hatte große Zukunftspläne. So jung, so voller Ehrgeiz."

Lou fiel es schwer sich den Mann vor sich in seiner Blüte vorzustellen, jung und begabt. Doch selbstverständlich musste er begabt gewesen sein, wenn er an einem geheimen Regierungsprojekt gearbeitet hatte.

„Es zog es mich in die Ferne, hierher. England war damals das pure Chaos, doch Frankreich... hier konnte man was aus sich machen. Habe ich geglaubt. Hab mir nichts groß dabei gedacht, als man mir den Job angeboten hat. Schwarzmagische Artefakte sollten wir überprüfen und untersuchen. Sechs begnadete junge Wissenschaftler und ich. Stone, der hatte da die Leitung. Vom Medaillon hat man uns nicht viel gesagt, war aber auch gar nicht nötig. Denn die Box in der es lag? Haben wir nie aufgekriegt.“

Eine Box? Eine Box hatte Louises Rechnung nicht existiert.

„Was ist passiert? Mit dem Labor? Mit den anderen Wissenschaftlern?“, fragte Julian.

Erik zuckte mit den Schultern.

„Gute Frage. Während unserer Arbeit durften wir das Labor nicht verlassen, keinen Kontakt zur Außenwelt. Einer von denen, Jerry oder Jeremy oder so was, hatte genug davon. Wollte seiner Frau einen Brief schreiben, ihr sagen, dass es ihm gut geht. Kurz darauf ist er verschwunden. Alle wussten, dass der alte Stone ihn erwischt haben muss, waren ja nicht blöd. Danach war alles angespannter.“

Ob Nic das wusste? Ob er es befohlen hatte?

Nic kam Louise nicht skrupellos vor, doch das Labor hatte schließlich in seinem Auftrag gearbeitet.

„Eingesperrt, überwacht. Stone hat sich in seinem Büro eingeschlossen. Nach und nach sind sie gestorben, alle. Keine Ahnung, wie viele Jahre wir da drin waren. Manche haben sich selbst das Leben genommen, weil sie es nicht mehr ausgehalten haben. Manche sind bei schiefgegangen Experimenten in die Luft gesprengt worden. Am Ende war nur noch ich da. Und Stone. Dann kam Stone rein, sagte mir ich soll meine Beine in die Hand nehmen und gehen. Das habe ich mir nicht zweimal sagen lassen. Bin hergekommen, weiter kam ich nicht ohne Geld und so. Hab mich niedergelassen. Ende der Geschichte."

„Wo war das Medaillon, bevor Sie gegangen sind?"

Erik grunzte, drehte sich um, beugte sich hinter die Theke, schob eine Kiste beiseite und offenbarte einen Wandsafe. Mit vorgehaltener Hand tippte er eine vierstellige Nummer ein und holte eine schlichte Schachtel hervor.

„Keine Sorge, keine Sorge. Da ist es nicht drin.", sagte Erik und stellte die Schachtel auf den Tisch.

„Nur habe ich gedacht, dass es da drin ist."

Die Schachtel war aus dunklem Holz, mit feinen Schnitzereien geschmückt und besaß ein goldenes Schlüsselloch. Es ging ein milder magischer Impuls von ihr aus und ein lederner Geruch.

„Sie haben die Schachtel mitgehen lassen, als Sie geflohen sind. Weil Sie dachten, das Medaillon sei darin.", fasste Louise zusammen und Erik nickte.

„Ich hätte wissen sollen, dass sie uns belogen haben. Die Schachtel geht zwar immer noch nicht auf, aber, wenn da das Medaillon der Engel drin ist, dann soll mich der Teufel holen."

Lou erkannte zwei Dinge.

Erstens: Erik Markson war intelligent. Sehr intelligent sogar. Intelligent genug, um sich dumm zu stellen. Zweitens: Er hatte recht. In der Kiste war das Medaillon nicht. Louise fühlte in ihren Knochen, dass es nicht darin war. Vielleicht war es nie im Labor gewesen. Vielleicht hatte Nic sie angelogen.

Louise nahm die Schachtel in die Hand. Drehte und wendete sie.

Auf der Unterseite war mit feiner Handschrift in weißer Farbe eine Nachricht geschrieben worden.

„Der Geist ist willig, aber das Fleisch ist schwach.", las Lou vor.

Erik seufzte: „Nehmt es mit, ist mir gleich. Was soll ich noch damit?"

Nach kurzem hin und her beschlossen sie, Erik in Ruhe zu lassen. Er war nicht so dumm, wie sie gedacht hatten, aber doch recht harmlos.

Was sollte er schon machen? Sie würden es Nic überlassen, den Kerl zu überwachen.

Nachdem Erik ihnen also gesagt hatte, wo sie das Labor finden konnten, verschwanden sie.

Es war tatsächlich nicht weit entfernt und so erreichten sie die verlassene Anlage noch vor Sonnenuntergang.

Sie lag abseits, zwischen hohen Gebirgen abgeschirmt von Blicken neugieriger Passanten, trotzdem erschreckend einfach zu finden, wenn man wusste wonach man suchen musste. Falls es einmal Sicherheitsabsperrungen gegeben hatte, waren sie seit Jahren verfallen.

Die grauen Wände waren von außen mit Efeu bewachsen, einige Fensterscheiben waren eingeschlagen worden, zerstört von zahlreichen Stürmen. Die Tore und Klinken waren rostig.

Von innen sah es nicht besser aus.

Die alten Werkzeuge lagen, teilweise noch funktionstüchtig, aber meist demoliert, auf den Böden, große Geräte waren mit Spinnennetzen überzogen, während andere Mitglieder des Tierreiches sich an die Aktenschränke gewagt hatten, oder es sich in den ehemaligen Kantinen gut gehen ließen.

Selbst nach all der Zeit und Verwahrlosung, konnte man an einigen Stellen immer noch die Magie erhaschen und in etwa erahnen, mit welcher Kategorie schwarzer Magie hier experimentiert worden war.

Im zweiten Stockwerk lagen die Büros der höheren Etage.

Relativ schnell fanden sie eine halb eingetretene Tür, neben der ein mattes Messingschild mit der Aufschrift *Stone* hing.

An der Wand hinter dem Schreibtisch stand wieder das Motto: *In der Kühnheit liegt Genie, Macht & Magie.*

Zahlreiche Aktenschränke waren umgekippt worden und lehnten an der zerrissenen Tapete, der edle Perserteppich hatte Löcher und gab die Sicht auf den Parkettboden frei. Auf dem Tisch lag in einem zersprungenen Bildrahmen ein Foto von einem Mann, etwa Mitte 40, der mit zurück gelegten platinblonden Haaren und Zahnpastalächeln in die Kamera grinste.

„Stone?", hörte Lou Chris hinter sich.

„Ich denke schon.", antwortete Louise.

Sie öffnete eine der Schubladen und zog einen dicken Stapel Zettel heraus. Es waren allesamt Zeichnungen des Medaillons. Um die 20 Stück.

„Das richtige Medaillon muss also hier gewesen sein."

Ja, das musste es. Stone war eindeutig dem Einfluss des echten Medaillons zum Opfer gefallen.

„Wo ist Stone jetzt?"

„Laut der Unterlagen aus Nics Büro? Tod."

Die Frage war nur ob Louise das glauben sollte. Sie fühlte sich, als würde sie etwas übersehen, etwas Offensichtliches. Es lag ihr beinahe auf der Zunge.

Hatte Stone das Medaillon gestohlen und war davongelaufen? War sein angeblicher Tod nur ein Vertuschungsversuch? Möglich.

Doch warum hatte man dann noch nichts von ihm gehört? Ein Mann, der ein solches Artefakt an sich nahm, verschwand nicht einfach.

„Ähm, Lou?", ertönte Daphne etwas gepresst klingend und Louise wandte sich zu ihr um.

Sie hatte einen Wandschrank geöffnet, der Lou vorher nicht aufgefallen war. Er war weiß, dort wo der Lack noch nicht vom Holz abgefallen war.

Daphne hatte etwas geöffnet, was auf den ersten Blick aussah wie ein Lederkoffer.

Noch bevor Louise näher hinsehen konnte, erreichte der Geruch des Todes sie. Ein Geruch, der

Lou nicht fremd, ihr aber nur selten in dieser ekelhaften Intensität begegnet war.

Dann sah sie die Leiche. Wenn man das denn eine Leiche nennen wollte.

Die Haut war dünn und halb verwest, das Leder musste den Körper beinahe mumifiziert haben. Trotzdem schwamm er in seinen eigenen Flüssigkeiten und zersetzte sich langsam.

„Oh, Gott."

Viel mehr als 'Oh, Gott' fiel Louise nicht ein. Daphne stand auf und nahm schnell einige Schritte Abstand.

„Stone hat seine Leiche vergessen.", witzelte Julian tonlos.

„Wir sollten gehen."

Sie verließen das Büro. In dem Labor fanden sie sonst nichts Spannendes. Über die Leiche machten sie sich nicht zu lange Gedanken, Stone hatte das Medaillon gefunden und war verrückt geworden. Wenn er dabei jemanden umgebracht, in Leder gewickelt und in einen Wandschrank gelegt hatte, dann war das nur ein Indiz für die Richtigkeit ihrer Theorie. Um Stone zu finden, fehlte ihnen leider jeglicher Anhaltspunkt.

Immer mehr Leichen tauchten wie aus dem nichts auf und Louise hatte keine Ahnung warum. Hatten Grace, Dr. McHarris und der unbekannte Körper im Wandschrank etwas gemeinsam? Eine Verbindung?

Eine Mordermittlung war eindeutig außerhalb ihrer Fähigkeiten.

Andererseits, war nicht die ganze Mission außerhalb jeglicher Fähigkeiten? Aufgeben war jedenfalls keine Option.

Lous Handy klingelte. Sie ging ran.

„Hey John, jetzt gerade ist wirklich kein guter Zeitpunkt."

„Ihr müsst zurück nach England kommen, sofort."

Johnathan klang mehr als gestresst. Nicht gut.

„Wir sind sofort da.", versicherte Louise ihm und ein Klicken in der Leitung beendete den Anruf.

Lou erinnerte sich daran, wie verzweifelt sie sich vor nicht allzu langer Zeit gefühlt hatte, wie ihre Instinkte sie gewarnt hatten, dass mit dem Medaillon alles zerfallen würde. Sie war tief in Gedanken versunken, während die Gruppe sich auf den schnellsten Weg zurück über den Ärmelkanal machte.

Noch hatten sie das Medaillon nicht gefunden, sie waren nicht einmal nah dran. Und dennoch.

Alles zerfiel. Die Welt begann zu zerbrechen.

London befand sich im Chaos-Zustand. Wenn die Menschen nicht draußen auf den Straßen waren, wild umherrannten und versuchten, der Polizei ihre Arbeit so schwer wie möglich zu machen, hatten sie sich in ihren Häusern verbarrikadiert, einige Nagelten sogar Bretter an ihren Fenstern fest. Sie hatten England erst vor drei Tagen verlassen. Wie konnte eine Stadt innerhalb dieser Zeit in solch Anarchie-ähnliche Zustände verfallen?

Waren die Informationen über Samuels Verschwinden irgendwie an die Öffentlichkeit gekommen? Flüchteten die Menschen sich deswegen in pure Panik?

Die Gerüchteküche musste brodeln, wie nie zuvor und die Geschichten hatten sicherlich ihre Wege gefunden, selbst zu den Personen, die nicht wirklich wussten, wer Samuel war.

Besonders engagierte Jugendliche waren auf kleine Tribünen gestiegen und schrien den Leuten ihre persönlichen Meinungen entgegen, andere schlugen sich die Köpfe ein, von Unsicherheit und Angst geleitet.

„Was zum...", setzte Chris an und musste seinen Satz gar nicht beenden.

Sie dachten alle dasselbe.

Der Asphalt war mit Flugblättern in allen Farben des Regenbogens gepflastert. Beinahe kam es Louise vor, als würden sie inmitten einer Revolution stecken. Aber sie waren doch nur ein paar Tage weg gewesen.

Wie war so etwas möglich?

Sie bahnten sich einen Weg durch die Unordnung, niemand beachtete sie.

Johnathan erwartete sie in seinem Büro. Er stand am Fenster, wo er die Geschehnisse im Auge behalten konnte und winkte sie näher an sich heran.

„Ihr hättet England nicht zu einem unpassenderen Zeitpunkt verlassen können."

Das war Lou mittlerweile auch klargeworden.

Es gab so viele Fragen, für deren Antworten sie keinen Platz hatten. Schadensbegrenzung hatte höchste Priorität.

„Wir müssen die Lage stabilisieren.", sagte Louise und John schüttelte den Kopf.

„Da ist uns schon jemand zuvorgekommen."

Jemand war ihnen zuvorgekommen?

Johnathan riss seine Aufmerksamkeit vom Fenster los und warf ihnen eine Zeitung zu, die zuvor auf seinem Schreibtisch gelegen hatte. Louise fing sie in der Luft.

War es eine Zeitung? Es sah aus wie eine, aber es stand kein Text darauf.

Auf der Titelseite war das Porträt einer Person abgebildet. Wenn es denn eine Person war. Das Gesicht war das, einer weißen Schaufensterpuppe. Die Lippen, Nase und Augen waren darauf mit schwarzer Farbe gemalt. Darunter schloss ein hoher Kragen an und über den Schultern lag ein roter Mantel mit goldenen Verzierungen. Ganz unten auf der Seite war ein Symbol.

Die französische Schwertlilie, das Zeichen der Könige.

„Das,", verkündete Johnathan, „ist unser neuer König."

Louise dachte zuerst, John würde einen Witz machen, doch als sie ihn ansah, erkannte sie, dass er seine Aussage keineswegs ironisch meinte. Er meinte es ernst.

Absurd. Das war das einzige, was Louise dazu einfallen wollte. Es war absurd, denn noch bevor sie nach Spanien geflogen waren, war doch alles normal gewesen. Oder zumindest das, was man hier als normal bezeichnen konnte.

„Unmöglich auf jeder Ebene, ich weiß. Ein Palast, der wie aus dem Nichts aus der Erde gewachsen ist, eine Krone und ein Mann mit einer Maske, der sich selbst zum König erklärt hat, ohne, dass jemand bisher auch nur seine Stimme gehört hat."

Johnathan klang ernst, aber nicht annähernd angemessen besorgt. Diese eigenartige Aktion kam zu einem unvorteilhaften Zeitpunkt und für sie alle stand eine Menge auf dem Spiel.

Ihrer aller Macht fiel und stand mit der Krone. Sie hatten viele Feinde und solche Freunde, die ihre Feinde werden würden, sobald diese den Verdacht bekamen in England ginge ein Machtumschwung vor sich.

In was für einer Gesellschaft, in was für einem Land war es möglich, dass sich ein willkürlicher Typ ohne jegliche Probleme selber zum Herrscher krönen konnte?

Und dann meinte Lou zu begreifen, warum John so gefasst blieb. Hatte Samuel es nicht genauso gemacht? So hatten sie doch in erster Linie das bekommen, was sie nun zu verlieren drohten. Im Prinzip war alles wie immer.

Dennoch, der entscheidende Unterschied blieb, dass Samuel sie zu seinen Leuten gezählt hatte. Der Mann mit der Maske war nicht ihr Freund. Das musste sich schnellstens ändern.

„Wie lautet der Plan?", durchbrach Louise das anhaltende Schweigen laut.

Johnathan musste einen Plan haben, sonst wäre er nicht so ruhig.

Er deutete Lou umzublättern.

„Der König gibt einen Ball. Ausdrücklich sind dazu alle Bürger eingeladen. Ja, alle."

John hatte recht, in der Mitte der zweiten Seite stand in blasser Frakturschrift:

Alle Bürger sind eingeladen zu einem Tanzball.
Kommt.

Dabei standen ein Datum und eine Uhrzeit.

Darunter war eine weitere Zeichnung.

Man sah den Rücken einer jungen Frau, mit langen dunklen Haaren, die an einem Klavier saß. Sie trug ein langes, elegantes Abendkleid welches gewollt unsymmetrisch über dem Ende der Seite schwebte.

„Wer hat das denn geschrieben? Ein Kind?"

Chris höhnische Frage blieb unbeantwortet.

Johnathan sagte: „Ich wünschte, ich könnte euch sagen, ihr solltet euch vorbereiten, aber ehrlich gesagt weiß ich nicht, was auf euch zu kommt. Da ich fürchte, dass uns das Medaillon nicht davonlaufen wird, hat diese Sache für jetzt höchste Priorität. Stellt euch gut mit dem Mann in der Maske. Überlasst den Rest erst einmal mir."

Louise zuckte leicht, als ein schmerzhafter Stich ihre Brust streifte bei dem Gedanken, die Suche nach dem Medaillon aufs Eis zu legen. Trotzdem würde sie sich nicht gegen Johns Entschluss aussprechen, insbesondere, da sie ihm heimlich recht gab.

„Ihr könnt gehen.", entließ Johnathan sie, „Nur Lou, bleib bitte kurz."

John wartete bis Daphne, Chris, Anne und Julian das Büro verlassen hatten und bat Louise dann, sich zu setzten. Neugierig setzte sie sich.

„Louise, sag mir. Was hat mein Bruder dir über das Medaillon verraten?"

Mit dieser Frage hatte Lou nicht gerechnet.

„Warum..."

„Jake war hier."

Verdutzt schluckte Louise ihren halb fertigen Satz herunter. Ihr Bruder?

„Mein Bruder?", hakte sie nach.

„Ja, dein Bruder.", bestätigte Johnathan. Er besah sie mit einem skeptischen, prüfenden Blick.

„Er kam her, weil er sich Sorgen um dich gemacht hat. Und ich fange auch an mir Sorgen zu machen. Also frage ich nochmal. Was hat Nic dir erzählt?"

Lou hatte keine Ahnung, was ihr Bruder mit dem Medaillon zu tun hatte, oder, woher er überhaupt davon wusste. Ganz abgesehen davon, dass sie nicht einmal gewusst hatte, das Jake und John sich kannten.

Ihr fiel ein, dass sie Jakes Namen in Matthews Notizbuch gelesen hatte. Eindeutig hatte sie etwas verpasst.

„Was hat mein Bruder mit alldem zu tun?"

„Ich merke, dass du meiner Frage ausweichst. Mein Bruder ist ein Lügner, Lou. Du darfst ihm kein Wort von dem glauben, was er dir erzählt. Du darfst auch nicht den Fehler machen, zu glauben, dass diese Dinge...", er zeigte auf die Zeitung, „...aus reinem Zufall geschehen. Der Zufall ist ein lustiges Phänomen, aber keines das mit dem Medaillon zusammenarbeitet. Das Medaillon nimmt mehr Kontrolle über die Welt, als uns klar ist und es hat einen Plan. Vergiss das nicht."

Einen Plan?

„Was kann das Medaillon nur wollen?", hörte Louise sich selbst fragen und ein Anflug von Betrübnis legte sich über Johnathan.

Er schluckte schwer.

Und als er schließlich antwortete, rutschte Lou ihr Herz herunter und zerbrach zwischen ihren Füßen auf dem Fußboden in tausende, kleine Scherben.

„Dich.", flüsterte er, „Es will dich."

Ein Mann ohne Namen

Hahahaha.
Hahahahahahahahahahahaha.

Sein Gelächter erfüllte den kleinen Raum, wurde
verschluckt von den kalten Wänden.
Er konnte sich nicht daran erinnern, wann er zuletzt
gelacht hatte.
Andererseits, kümmerte er sich auch nicht darum.
Und wenn er erst gestern gelacht hätte, würde es
einen Unterschied machen?
Nein.
Er bewahrte seine Erinnerungen nicht, weil er sie
nicht brauchte.
Sie machten keinen Unterschied.
Und wenn er gelacht hätte, würde er ohnehin nicht
wissen, warum.
Denn auch das machte keinen Unterschied.
Deswegen wusste er es nicht.
Er wusste nie, warum er überhaupt irgendetwas tat.
Außer jetzt, ja, jetzt wusste er, warum er lachte.
Er würde frei sein.

Hahahahaha.
Haha.

Es hätte ihm leidgetan, ehrlich.
Denn da draußen war jemand, jemand, der ihn von
seinem Schicksal befreien würde.
Nicht von seinen Ketten vermutlich, dafür waren die
Dinge, die er getan hatte, zu grausam gewesen.

Dinge, an die er sich nicht erinnerte, wenn er wach war.

Erst am Abend, wenn er schlief, schlichen sich die schrecklichen Bilder in seinen Kopf zurück, doch wenn er schreiend und weinend und nach Luft schnappend erwachte, hatte er sie schon wieder vergessen.

Dennoch, würde man ihn befreien.

Aus seiner Angst.

Denn er hatte Angst.

Eine universelle, alles ergreifende Angst, vor der er sich nicht schützen konnte.

Weil sie ihn ihm steckte.

Weil er selbst den Auslöser seiner Angst in sich trug.

Und es tat ihm ja leid.

Er war ein anständiger Mann.

Sein Lachen verstummte, Tränen bildeten sich in seinen Augen.

Es würde ihn verlassen.

Und es tat ihm leid.

Er war nicht stark genug, er war doch nur ein anständiger Mann.

Ein normaler Mann.

Er war zu schwach.

Und nun würde es ihn verlassen.

Er weinte bitterlich, der Schmerz drohte ihm die Brust zu zerreißen.

Dann würde er in seinem Gefängnis sitzen ganz alleine.

Oh, sei nicht traurig, flüsterte sie ihm ins Ohr.

Freu dich. Du wirst befreit werden. Spürst du es denn nicht?

Er hörte das Weinen auf.
Er würde befreit werden, von jemandem, jemanden
da draußen.
Er kannte ihn nicht.
Sie, wisperte die kleine Stimme in seinem Kopf.
Er kannte sie nicht.
Aber sie tat ihm leid.

Hahahahahahahahaha.
Hahahahahahahahahahahahaha.

Sein Gelächter erfüllte den kleinen Raum, wurde
verschluckt von den kalten Wänden.
Er konnte sich nicht daran erinnern, wann er zuletzt
gelacht hatte...

Kapitel 13

„Das war eine miese Idee, ich hätte nie ja sagen dürfen."

Louise saß gemeinsam mit Daphne in einem Café, in einem beliebten Künstlerviertel von London, wo sie nun überteuerten Kaffee aus bunten Tassen tranken und gelangweilt in einem Stück Kuchen herumstocherten. Nach allem, was in den letzten Monaten passiert war, genoss Lou sogar die belanglosen Gespräche mit Daphne, die sie sonst so langweilig gefunden hatte.

Der Ball stand heute Abend bevor, ganz England redete darüber. Und als Julian sie gefragt hatte, ob sie nicht zusammen, also als Paar, auf den Ball gehen wollten, hatte Louise zugestimmt.

Mittlerweile bereute sie diese Entscheidung.

„Blödsinn. Du musst endlich über deinen Schatten springen und ehrlich zu dir selbst sein."

Elegant schob Daphne eine verirrte Strähne ihres Haares wieder an ihren Platz zurück, welche im Licht der Herbstsonne golden funkelte.

„Wir werden dich heute hübsch machen und dann sagst du ihm ehrlich was empfindest und Ruck Zuck, glücklich bis ans Ende eurer Tage."

Louise war davon nicht überzeugt, aber das behielt sie für sich.

Daphne war in exzellenter Laune. Sie lebte für diese Art von Veranstaltungen. Nicht, dass Louise es nicht verstehen würde. Hübsche Kleider, unbequeme Schuhe und Musik hatten schon einen gewissen Reiz.

Nur, dass bei diesem Ball alles etwas anders war.
Der Mann mit der Maske.

Adalar, so hatte er sich vorgestellt. In einem Brief, als Flugblatt verteilt.

Er sprach nicht, aber ab und zu stellte er sich auf den Balkon seines neuen Palastes und schaute auf sie herunter. Oder sie vermuteten, dass er hinabsah. Durch die Maske konnten sie seine Augen nicht sehen. Samuels Anwesen stand leer.

Manche waren gegangen, um nach ihm zu suchen, die meisten aber vergaßen ihn recht schnell und kümmerten sich um ihr eigenes Leben. Dorea war nirgends aufzufinden.

Louise hatte einen Plan für diesen Abend.

Nachdem John ihr erzählt hatte, dass er vermutete, das Medaillon der Engel würde jagt auf sie machen, hatte sie sich hilflos gefühlt. Kurz.

Dann war ihr bewusstgeworden, dass das Medaillon ein Spiel spielte.

Wenn John recht hatte, wollte es Louise als Trägerin auserwählen. Aus welchen Gründen wollte Johnathan ihr nicht verraten, obwohl sie sich sicher war, dass er es wusste.

Heute würde Lou ihren ersten Zug machen. Besser spät als nie.

Sie setzte ihren Kaffeebecher auf dem kleinen Glastisch ab und schob ihre Sonnenbrille nach oben.

„Daphne, du musst mir einen Gefallen tun."

„Ich hasse es, wenn du das sagst.", seufzte Daphne und stellte ihr Getränk ebenfalls ab.

„Bevor der Ball endet, wirst du gehen. Sorge dafür, dass noch vor Mitternacht in Frankreich ein

Kopfgeld auf uns ausgesetzt wird. Es muss öffentlich verkündet werden. Weihe sonst niemanden ein und ich meine niemanden."

Ihr Ton ließ kein Platz für Fragen oder Zweifel. Daphne nickte, wenn auch widerwillig.

Die letzte Woche war zwar schön gewesen, doch die Normalität machte Louise nervös.

Die Sonne schien sanft auf London hinab, leichter Wind streifte umher, kaum eine Wolke war am Himmel zu sehen und das, obwohl der Winter die Stadt eigentlich bereits mit Schnee und Frost hätte begrüßen müssen. Die Ruhe vor dem Sturm.

Sie verabschiedete sich von Daphne, die nun sehr viel weniger fröhlich war, als zuvor und eilte durch die Straßen, so schnell wie es ihr möglich war auf den überfüllten Wegen in London.

Louise liebte den Winter in der Regel. Die klare Luft in ihren Lungen, das Knirschen des Frostes unter ihren Stiefeln, der Geruch von Marzipan in der Nase und sie mochte sogar die Winterjacken und Regentage. Dieses Jahr jedoch konnte sie sich jedoch nicht am Wetter erfreuen.

Ihre Laune besserte sich nicht gerade, als sie das Kleid bemerkte, welches fein säuberlich auf ihren Wohnzimmertisch gelegt worden war. Dabei musste sie zugeben, dass John keinen schlechten Geschmack hatte. Das Kleid war lang, enganliegend und mintgrün. Schlicht und elegant.

Daneben lag eine kleine schwarze Handtasche, in der sie einen Revolver, einen mit Edelsteinen besetzten Dolch und einen einzelnen roten Lippenstift fand.

John musste ahnen, dass sie etwas geplant hatte, aber hinter dem Geschenk steckte noch mehr. John hatte ihr die Waffen in die Hand gelegt. Er gab ihr stumm seine Erlaubnis.

Lou grinste. Ab jetzt hatte sie freie Hand. Ihr Zug konnte beginnen.

Der Abend rückte näher.

Louise verbrachte die nächsten Stunden damit Wein zu trinken, zu duschen, in das Kleid zu schlüpfen und ihre schwarzen Pumps aus den tiefen ihrer Kommode zu kramen.

Als es an ihrer Tür klingelte, gab sie den Versuch auf ihre Locken in eine Frisur zu zwingen und rief: „Komm rein. Die Tür ist offen." während sie nach Make-up kramte.

Julian erschien einige Sekunden später hinter ihr im Spiegel. Er trug einen Anzug und hatte seine Haare streng nach hinten gelegt. Ein ungewöhnlicher Anblick.

Nicht, dass es nicht gut aussah. Es passte nur nicht.

„Du siehst gut aus.", begrüßte er sie. Lou lächelte.

„Du siehst anders aus.", entgegnete sie.

Für eine Sekunde, in der sie sich durch die Spieglung hindurch angrinsten, musste Louise unweigerlich daran denken, wie John ihr erzählt hatte, dass es so etwas wie Liebe in der Realität nicht gab. Liebe war nur eine chemische Reaktion in ihrem Gehirn, eine evolutionäre Schwäche.

Vielleicht, hatte Johnathan Unrecht gehabt.

Julian wartete, bis Louise fertig war und ein wenig später setzten sie sich in ein Taxi. Louise zog ihre Hand nicht weg, als Julian danach griff.

Vielleicht.

Der neue Palast stand Mitten im Stadtzentrum, umgeben von einer großen Parkanlage und schmalen Straßen, die durch hohe Weiden hindurch zu einem schwarzen Eingangstor führten.

Taxis, Limousinen, Kutschen und Fußgänger drängten sich aneinander. Einige in Abendkleidung, andere in Jeans und T-Shirt und wieder andere in Kostümen und Masken.

Sie konnten das Gebäude schon sehen, als sie das Taxi verließen. Trotz der Masse an Menschen, die sich nach und nach durch das Tor drängten, schien es, als würde der Palast nicht voll werden.

Am Rand des Weges hinter dem Tor fanden sie Daphne, Anne und Chris.

Daphne steckte in einem rosa Ungetüm, mit einer großen Schleife am Rücken, was ihr, selbst in Verbindung mit dem glitzernden Haarschmuck und den Diamantohrringen, überraschend gutstand.

Anne sah in seinem kurzen blauen Kleid aus, wie eine junge Fee und Chris hatte sich geweigert einen Anzug zu tragen, aber wenigstens trug er ein faltenloses Hemd über einer schwarzen Jeans, die im Dunkeln sicher fast als Anzughose durchgehen würde.

„Geht es nur mir so, oder ist das alles mehr als schräg hier?"

Lou fühlte es auch. Chris hatte recht, alles schien ein wenig komisch zu sein. Dabei konnte Louise nicht den Finger darauf legen was genau es war, doch jedes Mal, wenn sie aufsah, oder die Menschenmenge betrachtete, passte irgendwas nicht.

„Lasst die Spiele beginnen.", murmelte Julian und konnte nicht einmal ahnen, wie richtig er damit lag.

Mitten in der nie endenden Masse von Leuten bewegten sie sich nach vorne.

Schon bevor sie den Rasen verließen, um den Eingangssaal zu betreten, begann Louise einige der Gäste zu erkennen. Da waren Politiker, Geschäftsleute, Mitglieder krimineller Banden und all jene eben, die sich so einen neuen König einmal anschauen wollten, um zu wissen, wie groß der Schaden für ihre Geldbörse sein würde.

Gerade, als sie durch die weite Flügeltür liefen und Louise ernsthaft begann sich zu fragen, wie all diese Menschen in einen Palast passten, griff jemand sie am Arm.

Sie drehte sich um und an ihrem Ärmel hingen die stumpfen Finger eines kleinen, dicklichen Mannes mit schütterem grauen Haar. Louise zwang sich zu einem Lächeln.

„Mr. Baldwin, wie schön Sie hier anzutreffen."

Mr. Baldwin schien seine Worte noch zu suchen und ließ Lous Ärmel los, um mit seinen schwitzenden Händen nach ihrer zu greifen und sie energisch zu schütteln. Baldwin folgte ihnen weiter hinein in die Eingangshalle und unter seinem Doppelkinn lugten beim Laufen die Spitzen einer Fliege hervor.

„Die Geschäfte laufen gut, nehme ich an?", prustete er und blieb stehen, um sich die rote Stirn mit einer Serviette abzutupfen.

Der Anblick der Eingangshalle war atemberaubend. Dabei blitzte es nicht, es ertrank nicht in Gold oder Marmor, wie Samuels Palast es tat.

Im Gegenteil, der Raum war relativ klein. Aus dunkelgrauem und weißen Stein geformt, mit einer hohen Kuppel in der, in ergiebiger Liebe zum Detail, die fantastischsten Szenen aus allerlei biblischen Geschichten dargestellt wurden. Nach rechts und links gingen Treppen weg, zu beiden Seiten strömten die Menschen hinein.

„Das wäre nicht möglich, ohne Sie.", erwiderte Louise leicht abwesend und mit einer fadenscheinigen Ausrede verabschiedete sie sich von Mr. Baldwin, während Julian sie an der Hand nach links, die Treppe hinaufführte.

Baldwin, oder seine Leute, waren für viele finanzielle Transaktionen und Investitionen in England verantwortlich. Mit anderen Worten, er war steinreich.

Abgesehen davon schob er unter der Theke mehr hin und her als nur Geld. Was Baldwin so großzügig als „Geschäft" bezeichnete, waren in Wahrheit illegale Handelsverträge, in denen es vorrangig um Waffen aus naheliegenden Ländern ging.

Sie erreichten den Ballsaal und mit einem Schlag wurde Louise klar, wie all die Leute in den begrenzten Raum des Palastes passten, ohne, dass es voller wurde. Die Wände des Saales waberten, als seien sie von einem nicht sichtbaren Rauch umgeben. Man hatte die Räume magisch vergrößert, wahrscheinlich bis ins Unendliche hinaus, damit alle Leute Platz fanden.

Davon abgesehen passte der schlichte Stil des Ballsaales nahtlos zu dem der Eingangshalle.

In einer Ecke auf einer Empore befand sich ein Streichquartett und ein Piano, die klassische Musik erklingen ließen und einige Leute tanzten, andere redeten aufgeregt miteinander und tranken Wein aus hohen Kristallgläsern.

Cole Haffner, einer der Hauptstrippenzieher eines hiesigen Drogenkartells nickte Lou über sein Glas hinzu. Sie nickte zurück. Louise mochte Cole, er redete nicht und ließ sie meistens in Frieden. Clever waren diejenigen, die wussten, dass man in dieser Branche besser seinen Mund hielt.

Dann sah sie ihn.

Adalar stand abseits, niemand schien ihn bisher bemerkt zu haben. Was komisch war, denn er fiel auf, selbst in der bunten feiernden Menge. Lou erkannte ihn von den Zeichnungen, doch wirkte er jetzt viel realer, als zuvor.

Seine Maske verdeckte sein Gesicht nicht ganz, die Spitze seines Kinns ragte am unteren Rand heraus. Das Material glänzte nicht im Kerzenschein, auf Louise wirkte es wie Stoff oder Holz. Sie war weiß, hier und da mit schwarzen Verzierungen versehen.

Augen, Mund und Nase wurden vollständig versteckt und waren nur durch dementsprechender Farbe auf der Maske zu erkennen.

Lou unterdrückte den Drang, sofort zu ihm hinzugehen. Sie musste sich an den Plan halten, auch wenn das hieß, ihre Ungeduld zu zügeln.

Daphne, Chris und Anne verteilten sich im Raum. Herumlaufen, mit Leuten reden, Kontakte pflegen. Julian sah Louise von der Seite her an.

„Ist alles in Ordnung?"

Louise wusste darauf nichts zu sagen. Stattdessen riss sie ihren Blick von Adalar los, griff nach Julians Hand und zog ihn weiter, auf die Mitte des Parketts.

In Ordnung war ein komplizierter Begriff.

Schon länger fühlte sich nichts wirklich in Ordnung an, dabei konnte die Lage jetzt gerade durchaus schlimmer sein. Immerhin hatte sie einen Plan.

Lou sah auf die goldene Armbanduhr an ihrem rechten Handgelenk. 21:04 Uhr.

Ein tiefer Atemzug. Julian legte seine Hand um ihr Hüfte. Sie tanzten.

Wäre der Tag ein anderer gewesen, hätte Louise den Abend beinahe genossen. Dort, in Julians Armen, mit der klassischen Musik im Hintergrund und den gedimmten Lichtern, könnten alle ihre Probleme unwichtig und so unendlich weit weg sein. Erschöpft seufzend legte Lou ihren Kopf auf Julians Brust und ließ sich ansehnlich von ihm hin und her schaukeln.

Julian beugte sich zu ihr hinunter, seine Wange streichelte ihre Stirn.

„Du hättest mir sagen können, dass du was planst.", wisperte er zu und sie konnte nur darüber lachen.

„So offensichtlich?"

Er stieg in ihr Kichern mit ein.

„Du hörst nicht auf, zur Tür zu schauen. Ich würde fast glauben, du willst mir davonlaufen."

Louise sagte ihm nicht, dass sie nicht zur Tür sah, sondern zu dem Mann, der danebenstand. Sie streckte sich ein Stück nach oben und lehnte sich zu Julians Ohr.

„In genau zehn Sekunden gehen die Lichter aus."

Sie irrte sich. Es dauerte nur 6 Sekunden. Chloé war immer schneller als erwartet.

Lou löste sich aus Julians Griff, sobald es dunkel wurde. Nervosität machte sich breit, die sich schnell in Panik verwandelte. Die Musik verstummte, Stimmengewirr wurde laut.

Sie blieb ruhig. Louise trat einen Schritt zurück, dann wurde sie von zwei starken Armen gepackt. Ihr Herz schlug schneller, als sie nach hinten gezogen und aus dem Raum herausgeführt wurde, doch sie wehrte sich nicht. Im Gegenteil.

Sie folgte ihnen.

Lou konnte in der Dunkelheit nichts sehen, aber die Hände, die sie lenkten, schienen genauestens zu wissen, wo sie hinwollten. Sie versuchte sich den Weg zu merken, aber in vollkommener Blindheit, der chaotischen Atmosphäre und der lauten Geräuschkulisse, war es schwer sich in einem Gebäude zurechtzufinden, von dem sie bisher nur einen Raum betreten hatte.

Nach einer Weile liefen sie einen Korridor entlang mit hohen Fenstern an der linken Seite, durch welche seichtes Mondlicht drang, sodass Louise die

Schemen und Türen zu ihrer rechten erkennen konnte.

Sie bogen in einen der Räume ab.

Die Hände ließen sie los und verschwanden hinter der Tür, in den Korridor zurück, aus dem sie gekommen waren. Lou stolperte über den schweren Teppich und blinzelte.

Das Zimmer war klein, das Licht dämmrig. Drei Kerzen standen auf einer Kommode an der Wand. In der Mitte standen zwei Sessel, in einem davon saß Adalar. Louise setzte sich in den anderen.

So hatte ihr Plan nicht ausgesehen, aber das war jetzt egal. Irgendwie war sie doch dort geendet, wo sie hatte enden wollen. Der Sessel war weich, das Leder schon alt und an manchen Stellen gerissen.

Adalars Gesicht war zwar in ihre Richtung gewandt, doch war es nicht möglich zu erkennen, ob er ihre Anwesenheit wahrnahm. Die Maske verdeckte schließlich seine Augen, sehen konnte er sie also nicht.

Trotz der Wärme, die von den Kerzen zu ihnen strahlte, steckte Adalar in schweren Gewändern und dunklen Handschuhen.

„Sie endlich kennenzulernen ist eine Ehre, meine Majestät."

Er reagierte nicht.

Aus der Nähe wirkte er beinahe wie eine Puppe. Jegliche Menschlichkeit versteckt, durch Maske und Kleidung. Keine Regung in seinem Körper. Der Anblick war verstörend, doch Lou schaffte es ihre Stimme ruhig zu halten.

Als ihre Augen sich langsam an die Dunkelheit gewöhnten, bemerkte Louise den Vogel, der neben Adalar auf der Armlehne saß und leicht mit den Flügeln schlagend auf und ab hüpfte.

„Was für einen schönen Vogel Sie haben, meine Majestät.", log Lou.

Tatsächlich war der Vogel nicht hässlich, er war klein und schwarz und unauffällig. Eine Amsel vermutlich, aber das war beim Flackern des Kerzenscheins schwer zu sagen.

„Dein Vertrauen beeindruckt mich. Ich könnte versuchen, dich zu töten."

Adalars Stimme erschreckte Louise. Es dauerte einen Moment, bis sie realisierte, dass es Adalar war der gesprochen hatte. Denn der Ton seiner Stimme war hell und zart, als würde ein kleines Kind sprechen.

„Ebenso.", brachte sie heraus, dieses Mal um einiges verunsicherter.

Ihre Hände öffneten leise den Verschluss der Handtasche, in der sich ihre Schusswaffe und der Dolch befanden. Sie konnte nicht aufhören die Maske anzustarren.

Gänsehaut breitete sich auf ihrem Nacken aus.

Adalar lachte und er lachte das helle und ausgelassene Lachen eines kleinen Kindes.

Andächtig hob er seine linke Hand und winkte Lou näher an sich heran.

Sie handelte, bevor sie die Folgen ihrer Entscheidung abwägen konnte. Sie dachte nicht darüber nach.

Es schien ihr, als würden ihre Gliedmaßen ohne jeglichen Einfluss handeln, als hätte eine höhere Kraft ihre Sinne und ihren Willen ausgehebelt und würde nun ihre Gedanken kontrollieren. Louise stand, ohne sich daran erinnern zu können, wann sie aufgestanden war.

Bis zu Adalar machte sie drei Schritte. Lou kniete sich vor ihm hin, sie konnte sein schweres Parfüm riechen. Der Raum drehte sich um sie herum. War das die Realität oder war es nur einer ihrer Albträume?

Louise bewegte ihren Arm nach vorne, streckte ihre Hand nach der Maske aus, ohne es zu wollen. Sie fuhr den Rand der Maske entlang, vorsichtig, behutsam. Es war tatsächlich Holz, lackiert und mit einem Stoffband um seinen Kopf befestigt. Ihre Finger zitterten und das Geräusch der Fingernägel, die in unregelmäßigen Abständen auf den Lack der Maske trafen, mischte sich in das Rauschen des Blutes, welches ihre Ohren erfüllte. Louises Atem stockte.

Ihre Hände verweilten in Adalars Locken. Sie hatten die dunkle Farbe von zartbitterer Schokolade.

Er saß ganz ruhig da, kein Härchen regte sich. Weshalb Lou erstarrte, als er murmelte: „Der Geist ist willig, aber das Fleisch ist schwach."

Der Verneblung die Louise gefangen gehalten hatte legte sich und Louise zog ihre Hand zurück zu sich. Verwirrt kniete sie dort, auf dem Teppichboden.

„Schwäche.", fuhr Adalar fort, „Ein so menschliches Konzept."

Während er redete veränderte seine Stimme sich. Die helle und kindliche Stimme von zuvor wurde tiefer und dunkler, bis sie eher klang, wie die, eines alten Mannes.

„Die Menschen, sie leben gefangen zwischen ihren eigenen Widersprüchen. Das Streben nach Macht und Unendlichkeit, eingesperrt von dem Wissen der eignen Sterblichkeit. Schwäche."

Der Plan entglitt Lou, doch fürchtete sie mittlerweile ganz andere Probleme zu haben. Wie war sie gleich hierhergekommen? Ihre Gedanken zerflossen.

„Wir sind anders.", hörte sie Adalar sagen, doch seine Stimme drang nur langsam zu ihr durch, als würde er am anderen Ende eines langen Tunnels stehen.

„Du und Ich."

Adalar stand auf. Er nahm Louises Hände in seine und zog sie nach oben. Ihr Gesicht war nun nur wenige Zentimeter von der kalten und ausdruckslosen Maske entfernt. Das Leder zwischen ihren Fingern fühlte sich feucht an, ihre Lippen zitterten.

Du und Ich, wir sind nicht wie sie. Wir sind nicht der Schwächer verfallen. Für uns ist Unendlichkeit mehr, als ein unerreichbares Ideal. Für uns ist es Realität.

Zwar war Lou sich sicher, dass Adalar diese Worte sprach, doch meinte sie keinen Ton zu hören. Die Sätze erschienen in ihr, wie ein Teil ihrer eigenen Gedanken. Es war passend irgendwie, dachte Louise, dass all dies in vollständiger Stille passieren würde.

Sie löste ihre Hände aus seinen und hob sie, wieder den Rand der Maske entlangfahrend.

Nur eine Sache gab es noch zu tun. Mit einer flüssigen Bewegung zog sie Adalars Maske ab.

Dann wurde alles schwarz.

Kapitel 14

Louise erwachte, warm und vollständig unbekleidet zwischen weichen Samtlaken liegend.

Aus dem Fenster neben dem Bett drangen die ersten Sonnenstrahlen des Morgens. Lou setzte sich auf und sah sich um. Das Zimmer kam ihr nicht bekannt vor.

Obwohl sie spüren konnte, wie ihr Herzschlag immer lauter wurde, gab Louise sich größte Mühe Ruhe zu bewahren. Sie musste Kleidung finden. Halb in die dünnen Decken gewickelt stand sie auf. Am Fußende des Bettes war eine große Kiste, auf der säuberlich gefaltet weiße Stoffe lagen. Lou griff danach.

Die Stoffe stellten sich als ein langes Sommerkleid, eine Strumpfhose und eine aus dickem Garn geknüpfte Blumenkrone heraus. Sie ließ die Krone liegen und zog sich den Rest der Kleidung über.

Dann nahm sie sich einen Moment, um sich zu sammeln.

Louise hatte keine Ahnung, wie sie hierhergekommen war, oder, wo sich 'hier' überhaupt befand. Sie meinte sich daran zu erinnern, Adalar getroffen zu haben, mit ihm gesprochen zu haben... sie hörte zumindest seine Stimme noch in ihrem Ohr.

Das nächste, was sie vor ihrem inneren Auge sah, waren ein Paar tiefer bernsteinfarbener Augen und einen leuchtenden silbernen Ring, der sich um das undurchdringliche Schwarz der Pupillen schloss.

Alleine die Erinnerung daran erweckte ungewollten Schwindel in ihr. Sie musste von hier verschwinden.

Kurz durchsuchte sie das Zimmer nach ihrer Handtasche und fand sie tatsächlich, sorgfältig unter das Bett geschoben. Alles war noch da. Immerhin hatte man sie nicht ausgeraubt.

Lou ging hinüber zur Tür, ohne einen Plan, wie sie hier rauskommen sollte. Doch dann wurde ihr diese Entscheidung ohnehin abgenommen, als die Tür sich öffnete und Adalar eintrat. Er trug seine Maske und einen roten Mantel über einem faltenfreien weißen Hemd. Ihn zu sehen löste ein entferntes Gefühl der Furcht in Louise aus. Sie stand nur da und starte die gemalten Kreise auf seiner Maske an, wissend, welche Augen sich dahinter verbargen.

„Du trägst den Haarschmuck nicht?", stellte Adalar fragend fest, in, was Louise nun seine normale Stimme nannte. Die des Kleinkindes, mit der er sie zuerst angesprochen hatte.

Er klang enttäuscht. Louise machte ein paar Schritte rückwärts und drehte sich um, um die Blumenkrone aufzusetzen. Sie lag schwer in ihren Händen, aber sie war ohne Frage wunderschön. Das seichte Rosa und Weiß der Blüten mussten einen hübschen Kontrast zu ihren schwarzen Locken bilden. Sie setzte sie auf ihren Kopf und blickte über ihre Schulter zurück zu Adalar, doch er war verschwunden.

Statt ihm stand nun ein älterer Herr in der Tür, der einen Anzug und weiße Handschuhe trug.

„Ich bin Hersh, Ihr Fahrer Madame. Darf ich Sie zum Auto geleiten?"

Hersh verbeugte sich leicht während seiner Vorstellung und Louise nickte hilflos. Was sollte sie auch sonst tun? Sie folgte Hersh aus dem Zimmer heraus.

Erleichterung machte sich in Lou breit, als sie feststellte, dass sie sich immer noch im Palast befanden. Hersh führte sie durch etliche Gänge und Türen und schließlich liefen sie am Ende eines Flures eine schmale Treppe herunter und betraten eine Tiefgarage. Sie war groß, grau und kalt. Hersh lief hinüber zu dem einzigen Fahrzeug, welches sich in dieser riesigen Garage befand: Eine schwarze Limousine.

Er öffnete die hintere Tür und verbeugte sich erneut. Die eine Strähne weißen Haares, die ihm geblieben war, rutschte nach vorne und baumelte nun vor seiner Stirn hin und her.

Louise stieg ein. Sie rutschte umher auf dem schwarzen Leder. Die Autotür wurde geschlossen und der Wagen setzte sich in Bewegung. Nach und nach sickerte es zu Lou durch, was eigentlich geschehen war.

Hatte sie mit Adalar geschlafen? Hatte er...? Es schien die einzig sinnvolle Lösung zu sein.

Eines wusste sie nun ganz sicher: Adalar war kein Mann. Er war kein Mensch. Was auch immer er war, es hatte nichts Menschliches an sich. Die Scheiben waren verdunkelt, aber Louise hätte sich sowieso nicht darauf konzentrieren können, wo sie hinfuhren. Erst jetzt fiel ihr auf, dass sie keine Schuhe trug. Ihre Füße steckten in den weißen Strumpfhosen. Ihr war übel.

Tja, war es nicht wunderbar, wenn ein Plan funktionierte?

Die Limo hielt an. Hersh öffnete Louise die Tür, sie stieg aus und stellte fest, dass sie vor Franks Haus geparkt hatten. Als sie sich zu Hersh umdrehen wollte, um sich zu bedanken, war er schon dabei wieder einzusteigen und fuhr ohne ein weiteres Wort davon.

Dort stand sie also, leicht verwirrt und frierend im orange-goldenen Licht des Morgens. Die Unebenheiten des Bürgersteigs schmerzten an ihrer Ferse, der Saum des Kleides wehte um ihre Knie. Lou war unsicher, wie lange sie dort gestanden hatte, verloren und gedankenlos, unfähig, sich zu bewegen.

„Louise? Louise? Gott, Kind, du frierst ja."

Eine warme Hand griff sie am Oberarm und Lou sah auf in Franks besorgtes Gesicht. Sie wollte etwas sagen, doch fand ihre Stimme nicht. Dann fiel ihr auf, dass sie nicht ein Wort gesagt hatte seit... ja seit wann eigentlich? Seit sie Adalars Maske abgenommen und in seine Augen geblickt hatte? Seine unendlich tiefen Augen...

„Komm rein, komm.", drängte Frank sanft und zog sie vom Bürgersteig, hinein in seinen Hausflur.

Die Wärme des Hauses erreichte sie erst, als Frank sie ins Wohnzimmer und auf das Sofa geschubst hatte. Louise sah hinab auf ihre Hände, die beinahe dieselbe blasse Farbe zeigten, wie das Kleid, auf dem sie lagen. Sie hörte, dass Frank noch etwas sagte, aber seine Stimme schaffte es nicht, bis zu ihr durchzudringen.

War all dies Adalars Werk? Was, wenn nicht? Ein sanfter Nebelschleier legte sich um ihre Gedanken und dann fiel es ihr wie Schuppen von den Augen.

Was, wenn es Samuels Zauber war, der endlich brach? Wenn sie damit richtiglag, konnte es von hier aus nur noch schlimmer werden. Ihre Finger verkrampften sich. Sie ballte ihre rechte Hand zu einer Faust und öffnete sie wieder.

Dort, in der Mitte ihrer Handfläche, lag ein kleiner silberner Schlüssel. Einer, der vorhin nicht dagewesen war. Das kalte Metall wiegte schwer. Langsam sickerte eine weitere Erinnerung zu ihr durch.

Was hatte Adalar gesagt? Bevor sie...

Ich habe ein Geschenk für dich.

Ein Geschenk?, hatte Lou gefragt. Adalar hatte genickt und in seine Manteltasche gereicht. Einen kleinen silbernen Schlüssel hatte er hervorgezogen und ihr in die Hände gedrückt.

Du weißt, was du damit öffnen sollst.

Ja, das wusste Louise tatsächlich. Sie wusste nicht, woher sie es wusste, aber es gab keinen Zweifel in ihr. Sie wusste, zu welchem Schloss dieser Schlüssel gehörte. Lou stand auf.

Die Zeit rannte und noch hatte sie nichts gewonnen. Noch konnte alles den Bach runtergehen. Daphne hatte ihren Befehl sicherlich bereits ausgeführt und wenn sie sich jetzt eines nicht erlauben durfte, dann den Illusionen eines Zaubers nachzugeben. Samuel und sein Timing.

An der Tür hielt Frank sie auf. Offensichtlich war er zuvor in die Küche gegangen, um Tee zu machen.

„Wo willst du denn hin?"

Louise schluckte, ihre Stimme war noch immer verloren, irgendwo in der Verwirrung ihres Geistes, aber sie schafft es ein Wort herauszuwürgen: „Schlüssel."

Natürlich verstand Frank sie nicht, wie sollte er auch. Sie wollte ihm den Schlüssel zeigen und öffnete ihre Hand, doch er war wieder verschwunden.

Frank nahm ihre Hand und zog sie ins Wohnzimmer zurück. So würde Lou nicht weit kommen. Aus der Ferne meinte sie ein Handy klingeln zu hören. Auch Frank schien es zu hören, denn er griff in Lous Handtasche und blickte auf ihr Telefon.

„Daphne scheint dich zu suchen, sie hat dich siebenmal angerufen.", meinte er und ging dann ran.

Was Frank und Daphne besprachen, bekam Louise nicht mit, sie musste sich darauf konzentrieren, den Faden ihrer eigenen Gedanken nicht zu verlieren. Der Schlüssel, er war real, da war Lou sich sicher, auch, wenn er sich ab und zu in Luft auflösen zu schien. Er öffnete die Schublade in Samuels Schreibtisch.

Dort hinzukommen dürfte nicht allzu schwer sein, Samuel war schließlich nicht da. Ein glücklicher Zufall. Louise musste nur bis zu Samuels Anwesen kommen, in sein Büro gehen und die Schublade öffnen, um herauszufinden, was sich darin befand. Einfacher gesagt als getan.

Am liebsten würde sie eine lange Dusche nehmen und dann schlafen, bis die Wirkung des Zaubers vorbeigezogen und die Nachricht erhalten worden war. Frank war immer noch am Telefon, Lou besorgte Blicke zuwerfend.

Würde er Johnathan Bescheid sagen? War das überhaupt von Bedeutung?

Sie stand dort, unfähig, auch nur den ersten Schritt ihres Planes umzusetzen. In einem Sommerkleid und einer Blumenkrone. Es dämmerte ihr, dass sie so nirgendwo hingehen würde. Geschlagen setzte Lou sich zurück auf das Sofa. Sie gab den Versuch auf, die Ohnmacht aufzuhalten und überließ ihren Verstand willig den tausenden kleinen Lichtern, die nun vor ihr auftauchten, bevor alles dunkel wurde.

Ein cleverer Fuchs.

Louise erwachte. Nun nicht wirklich, sie war sich sicher, sich in einer Halluzination zu befinden. Samuels Zauber brach, sicherlich würde sie nun seine Nachricht erhalten. So funktionierte es, in der Regel.

Ihr Kopf schmerzte. Sie lag auf einem harten und kalten Boden, um sie herum tanzten Glühwürmchen aufgeregt umher und erhellten die Umgebung. Sie lag in einem Wald.

Ein dummer Wolf. Welch tragisches Schicksal.

Samuels Stimme. Sie war nicht überrascht.

Sie setzte sich auf, die trockene Erde des Waldbodens klebte an ihren Armen. Lou trug noch immer das weiße Kleid. Die Krone drückte durch ihre dicken Locken gegen ihre Kopfhaut. Sie fragte sich, was Samuel dazu bewegt hatte, diesen Ort für seine Illusion zu wählen.

Der Fuchs. Er folgt seinem Hunger in die Verdammnis. Und der arme Wolf? Zu naiv, um den Trick zu erkennen.

Ja, Louise erinnerte sich an die Fabel. Der Fuchs, der in der Spieglung des Wassers den Mond für einen Käse hält und in den Brunnen springt. Er erkennt seinen Irrtum und trickst einen vorbeilaufenden Wolf aus, welcher derselben Lüge verfällt, in den Brunnen springt und so den Fuchs rettet.

Ich persönlich dachte aber immer, dass die Fabel ein neues Ende braucht. Denn was geschieht danach?

Was wenn der Wolf nicht weniger schlau ist, als der Fuchs?

Ist es nicht der Fuchs gewesen, der völlig Blind in sein Verderben sprang?

War es nicht mehr Glück als Können, dass ein unschuldiger Wolf vorbeilief?

Sollte der Wolf, nicht auch die Möglichkeit bekommen sich zu befreien, zu beweisen, dass er mindestens genauso clever sein kann wie der Fuchs?

Wäre ja auch zu einfach gewesen, wenn Samuel einmal in seinem Leben etwas Sinnvolles sagen würde. Sie war es nicht anders gewöhnt, Samuel gab in der Regel nur verworrene Dinge von sich.

Nur war es selten so wichtig ihn zu verstehen, wie jetzt. Samuels persönlicher Buchclub und seine Literaturinterpretationen waren ihr nun wirklich egal.

Der Wolf sitzt in der Klemme und er weiß, dass er in der Klemme sitzt. Und auch der Fuchs weiß, dass er den armen Wolf einem düsteren Schicksal ausgesetzt hat. Aber der Wolf ist nicht verloren, denn er ist clever. Er sieht etwas, dass der Fuchs übersehen hat.

Die Glühwürmchen verschwammen vor ihren Augen. Die Lichter wurden greller. Wind kam auf.

Louise, mein Engel, weißt du nicht mehr, was ich dir sagte? Nach dem Warum musst du fragen. Warum glaubst du, kam Johnathan vor vielen Jahren zu mir?

„Geld?", dachte Lou laut. Darüber hatte sie noch nie nachgedacht. Es war nie wichtig erschienen. Überhaupt, Louise hatte sich Johnathan nie wirklich als Teenager vorstellen können. Jung und gierig. Nun, eines davon war er noch immer.

Vielleicht Geld, vielleicht Macht, vielleicht Einfluss. Und warum glaubst du, habe ich es ihm gegeben?

Louise zuckte mit den Schultern.

Ich hätte es ihm nicht gegeben, dachte sie und schämte sich gleich darauf für ihren Gedanken, obwohl er wahr war. Das Licht begann sie zu blenden, Lou bekämpfte den Drang, die Augen zusammenzukneifen.

Samuels Stimme verfiel in einen grausamen Singsang und seine süßliche Melodie dröhnte in ihren Ohren.

Damals war ich mir nicht sicher, aber heute weiß ich, es war Schicksal. Schicksal mein Engel ist ein lustiges Ding. Nicht alle Menschen glauben an Schicksal, nicht alle Menschen glauben an Zufälle. Niemals würde ich anzweifeln, dass es diese beiden Dinge sehr wohl gibt. Du solltest es auch nicht

213

anzweifeln. Gerade du nicht, das Zentrum des Schicksals und Zufalls der Welt.

Nichts davon ergab Sinn für Louise. Zudem nahmen ihre Kopfschmerzen zu und es fiel ihr zunehmend schwer, sich auf Samuels Worte zu konzentrieren.

Louise. Schließe deine Augen.

Nur zu gerne kam Lou Samuels Bitte nach. Die Dunkelheit half dabei, die pulsierenden Schmerzen in ihrer Schläfe einzuschränken.

Mein Engel. Denke an das, was du in diesem Augenblick am meisten willst. Stelle es dir vor.

Also dachte Lou nach.

Noch bevor sie der Frage auf den Grund gehen konnte, um wirklich das zu finden, was sie am meisten wollte, sprang ein Bild in den Vordergrund ihrer Vorstellung.

Lou lächelte. Denn es gab nur eine Sache, die sie wirklich wollte, etwas das sie brauchte, so sehr, dass es ihr beinahe das Herz zerriss. Ihr Herz raste, der Schwindel kehrte zurück, aber Lou wehrte sich nicht. Denn sie wusste, was es war und was es mit ihr tat und es war ihr egal.

Du weißt, wo es ist. Die Lösung liegt in dir. Du weißt es.

Und sie wusste es. Nach Luft schnappend erwachte Louise

Sie lag auf dem Sofa, doch war es vor dem Fenster dunkel geworden und sie war alleine. Bis auf Julian, der sich neben ihr auf den Boden gesetzt hatte und eingeschlafen war.

Schweiß perlte ihr von der Stirn, ihre Glieder zitterten. Nichts davon spielte eine Rolle.

Sie musste den Schlüssel verwenden.

Fest umklammerte Lou ihn, als hätte sie Angst, er würde wieder verschwinden. Dann sprang sie auf, voller Energie und schlich sich in die Nacht hinaus.

Ihre Füße taten weh, doch sie rannte trotzdem. Die beinahe nackten Sohlen trommelten auf den Asphalt ein, die Sumpfhose zerriss und ihre Zehen begannen zu Bluten. Der Schmerz ließ sie nur noch schneller laufen.

Louise erreiche Samuels Anwesen bei Sonnenaufgang. Im Viertel fiel sie nicht weiter auf, was machte eine weitere Verrückte, die um ihr Leben rannte schon aus? Die Wachen ignorierten sie, was sollten sie auch machen? Dorea stand nicht hinter der Theke, Samuel war nicht da, was gab es da schon zu bewachen?

Mit brennenden Lungen erreichte sie Samuels Büro. Noch nie zuvor hatte sie den Raum leer gesehen. Eine Sekunde stand sie da, die eine Hand um den Schlüssel geschlungen, die andere an den Türrahmen gestützt. Viel Zeit hatte Lou nicht, sie ahnte, dass man bereits nach ihr suchte.

Also stolperte sie hinüber zum Schreibtisch und kniete sich hin. Der kleine Schlüssel in ihrer Hand wog plötzlich schwerer als zuvor und nun zögerte sie doch. Sie konnte es nicht erklären, aber etwas in ihr hinderte sie daran, die Schublade zu öffnen. Verwirrt erhob sie sich wieder. Sie hatte Schritte auf dem Gang gehört, aber sie verschwanden, als sie genauer hinhören wollte und so schüttelte sie den Kopf und kniete sich wieder.

Ihre Sinne mussten ihr einen Streich spielen. Trotzdem, dieser Plan kam ihr plötzlich doch überstürzt vor.

Was, wenn sie einen Fehler machte? Sie durfte sich keinen erlauben.

Unsinn. Louise schüttelte die Zweifel ab und steckte den Schlüssel in das Schloss. Er passte. Lou drehte ihn und hörte erleichtert das leise Klacken der Entriegelung. Das war es dann allerdings auch schon mit der Glückssträhne. Im Inneren befand sich nichts, außer ein einzelnes Stück Papier. Verwundert nahm Louise es.

Damit hatte sie nicht gerechnet. Sie las.

Vertrag IV

Dies ist ein Schriftstück, welches zwei Magier verpflichtend miteinander verbindet.
Dieser Vertrag wird so lange halten, bis einer der Forderungen unmöglich zu erfüllen ist.
Solch ein Fall tritt nur im Tod ein.

Forderungen lauten wie folgt...

Mit einmal fiel bei Louise der Groschen. Die Geschichte. Die Fabel.

Lou stand auf.

Sie war der Wolf, der dumme naive Wolf. Johnathan, war der Fuchs und er hatte sie ausgetrickst. Sie war derselben Gier verfallen, wie er

216

und nun mit demselben düsteren Schicksal gesegnet, wie er einst. Selbst in ihrem Zustand verstand Louise durchaus, wie ein Blutvertrag funktionierte.

Mit einem Blutvertrag konnte man Seelen eintauschen, gegen eine Dienstleistung. Das klang nach Wahnsinn und das war es auch. Man konnte seine eigene Seele verkaufen, oder, die einer Person, mit der man sich dasselbe Blut teilte und rein theoretisch konnte man jede Bedingung an die Seele knüpfen. Solche Verträge gab es nicht sehr oft, vor allem, weil es den meisten Magiern rätselhaft erschien, wofür sie eine Seele brauchen konnten oder was eine Seele überhaupt war.

Flüche, die mit Seelen zu tun hatten, waren längst vergessene und vergrabene Bereiche der Magie. Selbst Louise besaß keine genaue Vorstellung davon, wie Seelen funktionierten.

Sie las den Vertrag, obwohl sie schon ahnte, worauf er hinauslief. Johnathan und Samuel hatten mehr, als nur ein Geheimnis vor ihr gehabt.

Mit einem Schlag wurde ihr noch etwas anderes klar.

„Warum habe ich geahnt, dass ich dich hier finden würde?"

Johnathan. Er stand in der Tür des Büros und sah sie an, einen Anflug von Trauer in den Augen. Selbstverständlich. Auch er sah was Lou in den Händen hielt und nun, zu dem unpassendsten aller Zeitpunkte, begann er Reue zu spüren. Louise beruhigte ihren bebenden Atem.

Dann las sie weiter. Laut.

„Die Forderungen lauten wie folgt, dieses Schriftstück dient dazu das Versprechen beider Parteien festzuhalten, ein Versprechen welches von beiden dieser Parteien als gerecht und ehrenhaft anerkannt wird...“

John hob seine Hand und unterbrach sie.

„Du musst es nicht vorlesen. Wir wissen beide was darin steht.“

Er hatte recht. Es gab nur eine Antwort, die ihr aus einem unscheinbaren Ort ihres Verstandes entgegensprang. Johnathan hatte versucht Louise, ihre Seele, einzutauschen. Sie verstand es nicht, aber sie hielt den Beweis in ihren Händen. Ihr Name stand dort, auf dem Papier.

Es warf mehr Fragen auf, als es beantwortete. Zum Beispiel, warum Samuel ihr auf solch komplizierte Art und Weise diese Informationen hinterlassen hatte, anstatt ihr einfach davon zu erzählen. Was das mit dem Medaillon zu tun hatte. Was es mit Adalar zu tun hatte. Wogegen hatte John ihre Seele eingetauscht, was hatte er verlangt? Wie hatte er es überhaupt...

Louise wurde schwindelig. Sie griff nach der Tischkante des Schreibtisches.

Sie dachte an den Tag zurück, an dem sie mit Julian darüber gesprochen hatte, dass sich nicht einfach so davonlaufen konnten. Jetzt bereute sie diese Worte auf einmal.

Jetzt, wo sie wusste, was es hieß, wirklich nicht weglaufen zu können.

„Du hättest es mir sagen können.“, brachte sie heraus und betete, dass sie nicht zusammenbrach.

Nicht jetzt. Timing war hier anscheinend niemandes Stärke.

John kam einige Schritte auf sie zu, doch Lou wich zurück.

Sie wollte es verstehen, wollte sie wirklich. Aber in Wahrheit war Louise enttäuscht.

Enttäuscht und wütend, dass der Mann, dem sie am meisten Vertrauen geschenkt hatte und dem sie immer blind gefolgt war, wissend, dass er einen Plan hatte..., dass Johnathan sie verraten hatte. Ihr Finger gruben sich in die Vorhänge, vor denen sie nun stand. War da nicht noch etwas anderes gewesen? Eine andere Erkenntnis, die sie beinahe erreicht hätte, bevor Johnathan hereingekommen war?
Lou konnte es nicht ganz greifen, aber sie wusste, dass da was gewesen war. Der Boden unter ihr wackelte gefährlich.

„Ich wollte es dir sagen, aber ich habe nicht den richtigen Zeitpunkt gefunden.", erklärte Johnathan, ruhig.

Er machte einen weiteren Schritt auf sie zu.
Louise gab auf. Die Wände bröckelten, neigten sich nach innen und drohten einzustürzen. Sie ließ die Vorhänge los und verlor den Halt.
Nur am Rande merkte sie, wie John sie auffing, bevor sie auf dem Boden aufschlug. Lou schloss die Augen und lief mit ihren Gedanken davon. Weit weg. Dahin, wo sie niemand finden konnte.

Nicht einmal sie selbst.

Adalar

Du bist zurückgekehrt, wisperte das Kind aufgeregt.

Ein kleiner schwarzer Vogel ließ sich sanft auf Adalars behandschuhter Hand nieder, die Flügel angelegt und seinen schmalen Kopf liebevoll gegen seine Handfläche drückend.

Nur zu. Komm herein, lud das junge Mädchen ihn gutmütig ein.

Für einen kurzen Augenblick schien der Vogel ihm direkt in die Augen zu blicken, dann lösten sich die Schemen der Kreatur langsam in einen schwarzen Rauch auf, der spielerisch um Adalar herumwirbelte und schließlich seinen Weg zurück in Adalars Herz fand.

Adalar atmete tief und ging hinüber zu dem großen Fenster, um hinaus in den Tag blicken zu können. Beim Gehen raschelte sein Gewand und der fließende Stoff glänzte im Licht der matten Sonne.

Seine Liebe, sein Mädchen. Endlich war sie zu ihm gekommen und hatte ihren Weg gefunden. Sie war da, wo sie hingehörte, bei ihm. Noch, noch war es zu früh, um das Auge zu holen.

Er musste nur geduldig sein, durfte sich keinen Fehler erlauben und schon würde sie wieder in seinen Armen liegen, seinem Willen vollkommen ausgeliefert sein. Adalar konnte seine Sehnsucht kaum zurückhalten.

Er wollte sie sehen, sie anfassen. Durch sie, würde er alles bekommen, was er wollte und er würde endlich seinen rechtmäßigen Platz in dieser erbärmlichen Welt einnehmen können.

Sein Plan war perfekt. Perfekt, selbstverständlich, was konnte er auch sonst sein. Er musste perfekt sein, so perfekt, wie seine Liebe war. Sein Mädchen, sein Engel.

Seine Finger tippten dumpf auf das harte Glas der Fensterscheibe.

Adalar bevorzugte die Nacht, auch wenn der Tag ohne Frage seine Vorteile mit sich brachte. Nur die Nacht konnte mit ihrer undurchdringlichen Dunkelheit sein Gedanken zum Ruhen bringen.

Was ist, wenn sie das Auge findet, ohne uns?, wisperte die Frau beunruhigt.

Sie war immer so hysterisch.

Sie wird es nicht finden. Wir haben ihr nicht gesagt, wo es ist., antwortete der alte Mann genervt und Adalar schüttele seinen Kopf, um die Stimmen zum Schweigen zu bringen.

Ist sie unser Engel?, fragte das Kind nervös und aufgeregt zugleich. Sein Puls wurde schneller und er blinzelte ängstlich. Adalars Gedanken konnten sich so selten einigen, es war eine Qual. Manchmal wünschte er sich, er müsste überhaupt nicht denken.

Ich muss denken ich bin ein Mensch, wandte die ältere Frau ein.

Merkwürdig, sie hatte seit Tagen schon nichts mehr gesagt.

Ich bin kein Mensch. Ich bin mehr., widersprach wiederum der alte Mann und Adalar hob stolz seinen Kopf.

Das Mädchen, das Mädchen, wandte das Kind ein und auf Adalars Gesicht erschien ein freudiges Lächeln.

Kommt es zurück?

Bald, sagte der alte Mann und die restlichen Gedanken verstummten beruhigt.

Am Tag waren sie immer viel lauter als in der Nacht und Adalar bekam davon schreckliche Kopfschmerzen. Deswegen sehnte er sich den Einbruch der Dunkelheit herbei.

Adalar überprüfte sein altes Auge, doch er konnte nichts sehen außer dem schwarzen Nichts und nichts spüren, als das bittere Schwarz. Der verdorbene Teil, der sich für Yanaras Seele hielt, war noch dort, wo er es gelassen hatte, verschanzt im inneren seines alten Auges.

Hol mich!, schrie sie ihm entgegen.

Bald, antwortete wieder der alte Mann und Adalar kappte die Verbindung.

Bald, wisperten sie alle zusammen, in einem schaurig melodischen Chor.

Bald.

Kapitel 15

Neun Tage dauerte es, bis Louise auch den letzten Hauch der Müdigkeit abgeschüttelt hatte, die ein solcher Zauber, wie Samuels mit sich brachte. Sie hatte die Tage bei Frank verbracht und darum gebeten, Johnathan erst einmal nicht zu sehen.

Verständnisvoll hatte er ihren Wunsch erfüllt und so hatte Lou, seit sie in Samuels Büro das Bewusstsein verloren hatte, nicht mehr mit John gesprochen.

Der Vertrag hatte sich bei ihr eingebrannt und dazu geführt, dass sie einen neuen Entschluss getroffen hatte. Lou musste sich vorbereiten. Sie konnte sich nicht länger auf andere verlassen, ganz bestimmt nicht auf Johnathan. So oft sie sich auch einreden mochte, dass sie John verzeihen konnte, wusste sie nicht, ob das auch der Wahrheit entsprach. Sie hatte genug davon, seine Marionette zu spielen. Ab jetzt würde sie die Fäden in die Hand nehmen, das war ihr Spiel und nicht seines. Er würde nicht gewinnen. Sie schon.

Dennoch durfte Louise nicht leichtsinnig werden.

Johns Arroganz war einer seiner größten Schwächen, sie musste aus seinen Fehlern lernen.

Dieses Spiel würde sie nicht alleine gewinnen, sie brauchte Freunde. Lou musste jemanden in ihre Pläne einweihen. Aber noch nicht, es war zu früh.

Ein Klopfen an der Tür unterbrach ihre Gedanken. Julians Gesicht erschien.

„Hey, wie sieht's aus? Bereit?"

Richtig. Bevor alles eskaliert war, hatte sie Daphne aufgetragen ein Kopfgeld für sie in Frankreich ausrufen zu lassen. Das alles schien mittlerweile so lange her zu sein.

Der Plan stand trotzdem. Louise wollte immer noch das Medaillon finden und die Idee war simpel.

Wenn Louise recht hatte, falls sie recht hatte, wusste Nic tatsächlich nicht, wo das Medaillon war. Aber sie glaubte nicht daran, dass Stone gestorben und das Medaillon einfach verschwunden war. Nein, das Medaillon war gefunden worden.

Was also, wenn der französische Teil der Regierung das Medaillon nie verloren hatte? Wenn sie es noch besaßen? Also zurück nach Frankreich.

Sie mussten dafür sorgen möglichst schnell festgenommen zu werden, bevor Nics Leute Wind davon bekamen und sie abfingen. Danach kam es auf Glück an.

„Ja, ich bin bereit."

Sie stand auf und folgte Julian zu dem Mini-Van, in dem schon die anderen auf sie warteten. Sie waren alle angespannt, selbst Anne wirkte aufgeregt.

Daphne war die Erste, die es zugab.

„Leute, so langsam werde ich nervös."

„Ach was."

Chris machte eine wegwerfende Handbewegung.

„Im schlimmsten Fall lösen wir eben einen internationalen Krieg aus. Wen interessiert's? Alles locker. Es ist ja nicht so, als hätten wir vor eine uralte Macht wiederzuerwecken, von der wir keine Ahnung haben, wie gefährlich sie in Wirklichkeit ist.

Wahrscheinlich gehen wir alle drauf, aber bloß keinen Stress."

Sie lachten. Es tat gut zu lachen.

Lou wusste nicht, wann sie zuletzt gelacht hatte.

Der Wagen bog in den Flughafen ein. Sie zögerten, als würde auszusteigen bedeuten, es gebe kein Zurück mehr. Dabei war das lächerlich, es gab schon jetzt kein Zurück mehr.

„Klar.", murmelte Daphne, „Alles locker."

„Na hör mal, wenn ich schon eurem bescheuerten Plan folge, darf ich doch wenigstens ein wenig optimistisch sein."

„Erstens ist der Plan überhaupt nicht bescheuert.", mischte Julian sich ein, „Und zweitens sollten wir los. Unser Flug geht gleich."

„Stimmt, wo du recht hast, hast du recht. Der Plan kann nämlich gar nicht schlecht sein, wenn man gar keinen Plan hat, nicht wahr?"

Stumm stimme Louise Chris zu.

Sie stiegen aus, immerhin hatten sie einen Flug zu kriegen.

Sie befanden sich keine 10 Minuten auf dem Festland, schon nahm man sie fest.

Der erste Teil des Plans funktionierte also. Es war auch der einfachste, denn Frankreich war ein sehr stark auf Sicherheit bedachtes Land, das sich mit seiner Regierung klar von der hohen englischen Kriminalitätsrate absondern wollte.

Neben Großbritannien war Frankreich eines der am meisten von Magiern bevölkerten Länder der Welt, nur Japan besaß mehr Einwohner, doch kein Land der magischen Welt konnte Frankreichs

Sicherheitspolitik auch nur annähernd nahekommen.

Als erstes Land in ganz Europa, hatte es Mord an Unbegabten schon vor 20 Jahren verboten, sie hatten eine ausgebildete Spezialeinheit, magische Kontrollen an den Grenzen und arbeitete nun als erstes Land überhaupt daran, magische Bildung für Kinder staatlich zu etablieren, um Missbrauch oder Unfälle mit Magie zu vermeiden.

Dagegen wirkte der Rest Europas, wie eine einzige Entwicklungszone.

Schlecht für die einen, profitabel für die anderen. Nun, es war ziemlich eindeutig, wer zu den anderen gehörte.

Die Verhörräume, in die man sie brachte, waren schön, sehr viel edler, als die im Untergrund von Nics Geheimdienst.

Der Stuhl, auf den man sie gesetzt hatte, war aus glattem, schwarzem Metall und die Wände waren gefliest. Statt einer Überwachungskamera wurde der Raum mit Magie gescannt, jede Bewegung löste einen Alarm aus. So musste man Gefangene nicht fesseln.

Clever.

Louise starrte auf die Fließen, hoffend, dass sie richtiglag und man ihre Namen bei der Festnahme überprüft hatte. Sie hatte keine Zeit gehabt, um sich einen Plan B zu überlegen.

Aber warum sollten sie die Namen nicht überprüfen? Standartprotokoll, bei einer Festnahme.

Ihre Namen waren mehr als nur Namen.

Ihre Namen ließen bei Beamten und hochrangigen Verantwortlichen die Alarmleuten klingeln. Jemand auf den höheren Etagen wird in solchen Fällen informiert und in der Regel wird man dort ein klares Ziel haben: Sie so schnell wie möglich loszuwerden.

Vor allem hier in Frankreich konnte man es sich nicht erlauben, solch gefährliche und bekannte Kriminelle auf den Straßen zu haben. Sie mussten Louise und die anderen so schnell wie möglich nach Hause schicken.

Wenn sie also schlau waren, wussten sie, wie sie die unerwünschten Gäste ganz schnell loswerden konnten.

Eine Ermittlerin betrat den Raum, ihr dunkles Haar zu einem Pferdeschwanz gebunden und eine modische Markenbrille auf der Nase. Sie erinnerte Lou an eine der Heimleiterinnen, Mrs. Fogeshier die in Annes altem Waisenheim gearbeitet hatte. Eine verbitterte Frau, die Kinder nicht gemocht und sich immerzu einen Spaß daraus gemacht hatte, sie zu ärgern, oder zu quälen.

Die pink geschminkten Lippen der Ermittlerin waren zu einem gezwungenen Lächeln verzogen, ihr linkes Auge zuckte nervös. Beinahe unmerklich, aber Louise fiel es auf.

Das erweckte Hoffnung.

„Ich bin Cecile Bonnet, ich leite diese Abteilung.", setzte sie in gebrochenem Englisch an.

„Ich habe Ihre Unterlagen überprüft und es tut mir sehr leid, dass uns offenbar ein Fehler unterlaufen ist."

Gut. Sie hatte Angst.

Das würde ein Kinderspiel werden.

„Mehr als das.", sagte Lou scharf und beobachtete mit Freude, wie Cecile, ich-leite-diese-Abteilung-und-bin eine-starke-unabhängige-Frau, zusammenzuckte.

Nervös schob sie ihre Brille zurecht.

„Nun, wir hatten niemals die Absicht, Ihnen im Weg zu stehen."

Hinter ihr kamen zwei weitere Personen in den Raum.

Ein in Schwarz gekleideter und ernst dreinblickender Agent und ein Anzug-tragender, mit falschem Lächeln ausgestatteter, Mann, der von irgendeiner höheren Stufe kommen musste, denn Cecile senkte respektvoll den Kopf zur Begrüßung.

„Oh Cecile, seien Sie doch etwas freundlicher zu unserem Gast."

Breit lächelnd sprach er Lou an, im Gegensatz zu Cecile war sein Englisch beinahe Akzentfrei.

„Ich bin Mathis Dupont. Wie meine Kollegin Ihnen hoffentlich schon erklärt hat, sind wir sehr untröstlich über das Missverständnis. Wir wissen natürlich, aus welchem Grund Sie in Frankreich sind, Madame Scriven, Sie und ihre Freunde natürlich, aber erneut tut es mir sehr leid, dass wir Ihnen kaum helfen können. Dennoch,", redete er schnell weiter bevor Lou ihn unterbrechen konnte, „haben wir für Sie und Ihre Freunde ein Treffen mit Thomas Stone arrangiert."

Endlich. Endlich funktionierte etwas.

Diese Franzosen mochten nicht glauben, dass Stone etwas über das Medaillon wusste. Wenn sie überhaupt selbst etwas darüber wussten. Zwar hatte

Nic gesagt, das Medaillon sei den meisten Regierungen kein Geheimnis und selbst diese Leute mussten zumindest am Rande etwas davon mitbekommen haben, doch war die Arbeit am Medaillon schließlich streng geheim gewesen und Mister Einstudierte-Floskeln würde sie sicher nicht zu Stone lassen, würde er ahnen was Stone wusste. Was er besaß.

Vorausgesetzt, Louise lag richtig.

„Wir nehmen alles, was sie haben.", antwortete Louise, in einem Ton, der nicht verriet, wie absolut perfekt ihr Plan gerade lief.

Sie folgte Dupont und seinem schweigenden Bodyguard aus dem Verhörraum.

Nach der Reihe holten sie die anderen aus den verschiedenen Räumen und Dupont erklärte ihr Vorhaben, während sie durch das riesige Regierungsviertel liefen.

„Stone haben wir vor fünf Jahren in Afrika aufgegriffen. Der arme Kerl war vollkommen verwirrt und stark Selbstmordgefährdet. Wir haben ihn aus diesem Grund dahin gebracht, wo er hingehörte. In die staatlich gesicherte Anstalt für geistesverwirrte Magier."

„Was für eine nette Umschreibung für eine Klapse.", murmelte Chris.

Dupont überhörte ihn.

„Er spricht kaum, noch zeigt er jegliches Interesse an Kontakt zu Menschen. Er leidet unter Alpträumen, bekommt aber Medikamente gegen seine Schlafstörungen. Da er kein selbstverletzendes Verhalten mehr zeigt, oder anders auffällig ist, bekommt er sonst keine medikamentöse Behandlung. Er ist ein ruhiger und in sich gekehrter Patient. Er redet nicht. Hier entlang."

Er führte sie durch einige Gassen hindurch, bis zu dem Gebäude, in dem anscheinend die Anstalt lag.

Selbst von außen hatte sich niemand die Mühe gegeben, diesem Ort wenigstens den Anschein einer Seele zu geben.

Im inneren waren die Wände glatt und weiß, keine Farbe, keine Einrichtung. Vermutlich war es einfach ehrlicher so.

Vor einer Glastür blieben sie stehen.

„Ab hier habe ich keine Sicherheitsberechtigung mehr. Gehen Sie den Gang geradeaus, die letzte Tür rechts, eine zuständige Schwester wird Ihnen aufschließen. Wir warten hier auf Sie, wenn Sie alles haben, was Sie brauchen, fahren wir Sie gerne zum Flughafen. Der Flug geht selbstverständlich auf uns. Bei Fragen wenden Sie sich an eine der Krankenschwestern, oder an einen der Pfleger."

Sie folgten Duponts Handbewegung den Gang hinunter.

An beiden Seiten waren Türen, vor denen jeweils eine Krankenschwester oder ein Pfleger stand, die Wände waren mit weißen Polstern bedeckt.

„Was für ein bedrückender Ort.", flüsterte Daphne und Lou stimmte ihr still zu.

Die Tür am Ende des Ganges, auf der rechten Seite, wurde von einer kräftigen, brünetten Krankenschwester bewacht, die ihnen wortlos zunickte und ihnen die Tür öffnete.

„Erwarten Sie nicht zu viel.", riet sie ihnen mit rauchiger Stimme, „Der ist nicht so gesprächig."

Lou betrat die winzige Zelle.

Stone, der, den sie von den Fotos in seinem Büro kannten, war kaum wiederzuerkennen.

Er saß auf seinem Bett, wenn man es denn so nennen wollte. Es war ein drahtiges Stahlgewinde mit einer schmalen Matratze darauf.

Seine Haltung war merkwürdig gekrümmt, als wäre er mitten in der Bewegung versteinert worden. Eine Hand in seinen grauen Haaren vergraben, die andere halb gehoben, als wolle er ihnen winken. Seine Haut war durchzogen von tiefen Furchen und roten Venen.

Der Anblick war grausam.

Stone bewegte sich kein Stück, er blieb in dieser verkrümmten Haltung sitzen, seine Augen drehten sich nach hinten, bis man nur noch Weiß sah. Louise atmete tief durch.

Der letzte Teil des Plans stand an. Der schwierigste.

„Gebt mir zehn Minuten alleine mit ihm.", sagte sie.

Protestierendes Gemurmel breitete sich aus, doch die anderen folgten ihrer Anweisung, wenn auch widerwillig. 10 Minuten.

Was konnte in 10 Minuten schon passieren?

Kapitel 16

Die Lage in England hatte sich weitestgehend beruhigt.

Wen interessierte es schon, welcher Spinner nun auf dem Thron saß? Nach etwas Aufregung um Nichts ging alles weiter wie bisher. Na ja, für die meisten Bürger.

„Du machst keine Witze?", hakte Chris ungläubig nach. Louise stöhnte.

„Nein, warum sollte ich auch?"

Hatte sie es ihnen nicht schon auf dem Flug zur Genüge erklärt? Offenbar nicht.

„All der Trubel und das Medaillon ist zerstört worden? Wie hat er das nur geschafft?"

Sie liefen durch die leeren Straßen, es war später Abend und die meisten Menschen hatten sich schon für die Nacht zurückgezogen. Wie hatte er es geschafft? Was für eine sinnlose Frage.

Louise hatte ihren Freunden sofort erklärt, dass Stone ihr verraten hatte, er habe das Medaillon zerstört und offensichtlich konnte niemanden von ihnen Leugnen, dass er augenscheinlich den Preis dafür bezahlt hatte. Stone mochte nicht gestorben sein, aber am Leben war er auch nicht. Als er mit Lou gesprochen hatte, war es ihr vorkommen, als würde eine fremde Macht seine Lippen und seine Zunge bewegen, um Worte zu bilden.

„Nicht unser Problem.", wiederholte Julian das, was Lou nun schon fünf Mal gesagt hatte.

Für sie gab es nur noch eines zu tun: zu Johnathan gehen und ihm sagen, was sie herausgefunden hatten.

Die Mission war gescheitert, aber es war so viel mehr als das. Das Medaillon mochten sie nicht gefunden haben, aber das hieß nicht, das alles so war, wie zuvor.

Nichts war wie zuvor. Absolut gar nichts.

Johnathan erwartete sie bereits, mit gefalteten Händen am Schreibtisch sitzend. Er sah alt aus, älter, als vor ein paar Monaten noch. Er sah es in ihren Gesichtern, bevor sie auch nur ein Wort sagen mussten.

„Scheint zu passen.", verkündete er wehleidig, „Jagen wir nicht immer das, was wir nicht bekommen können?"

„Wie philosophisch.", merkte Daphne, mit einem kaum spürbaren Hauch von Ironie, an.

John hob seine Hände, wie in einem Versuch, seine Unschuld zu verteidigen.

„Ich versteh schon. Im Moment bin ich nicht euer größer Freund, ihr habt jeden Grund mich zu verachten."

Dachte er etwa, Louise hätte den anderen von dem Vertrag erzählt? Sie hatte dieses Geheimnis für sich behalten und war davon ausgegangen, dass Johnathan verstehen würde wieso.

„Wir sind immer noch Freunde.", stellte Lou daher fest. „Okay, vielleicht Kollegen."

Johnathan grinste, doch es wirkte nicht ehrlich. Er war gezeichnet von Reue und es fiel Louise schwer, kein Mitleid zu empfinden.

„Eine Sache, über die wir reden müssen, gibt es noch. Wenn ich richtigliege und das tue ich meistens, wird Samuel bald zurückkehren. Darauf müssen wir, müsst ihr, vorbereitet sein."

Er warf Louise einen Blick zu und sie verstand. Jetzt wo sie Bescheid wusste, wo der Zauber gebrochen war, würde Samuel zurückkommen, um zu sehen, wie gut sein Plan funktioniert hatte.

„Das wird Adalar nicht gefallen.", merkte Daphne an.

„Bürgerkrieg?"

„Was auch immer passiert.", schob John dazwischen, „Wir sollten den Ball flach halten. Wir können freundlich in beide Richtungen spielen, aber wie schießen in keine."

Obwohl sich Uneinigkeit unter ihnen breitmachte, stimme Louise Johnathan zu.

Chris war nicht begeistert.

„Wir sollen also rumsitzen und Tee trinken? Bullshit."

„Samuel wird uns nicht jagen."

„Woher weißt du das?"

John lehnte sich zurück, streckte die Arme hinter seinem Rücken und faltete dann seine Hände in seinem Schoß.

Er sah seinem Vater in diesem Augenblick unglaublich ähnlich.

„Weil es nicht Teil seines Spiels ist."

Louise wurde abgelenkt, von dem Klingeln ihres Telefons. Unbekannte Nummer.

Sie nickte den anderen zu, die viel zu beschäftigt mit ihrer Diskussion waren, als, dass sie Lou bemerkten, die in den Flur verschwand und die Tür hinter sich zu zog, bevor sie den Anruf entgegennahm.

„Hallo?"

„Lou? Hier ist Nic. Es ist schön von dir zu hören, ich habe gehört was in Frankreich passiert ist."

Nic. Louise rollte mit den Augen.

„Wenn du das gehört hast, dann weißt du auch..."

„Wir müssen das nicht durchspielen.", unterbrach er sie.

Lou wollte etwas erwidern, doch Nic redete weiter.

„Ich wollte dich nur wissen lassen, dass, wenn du jemanden brauchst, auf den du dich verlassen kannst, bin ich hier."

„Warum sollte ich mich auf dich verlassen können?"

Sie konnte Nic lachen hören.

„Habe ich dir einen Grund gegeben mir nicht zu vertrauen? Ich bin der Gute hier. Ich will nur meine Familie beschützen und du bist nun mal ein Teil davon."

Dann legte er auf.

Lou steckte ihr Telefon weg, nachdenklich. Sie konnte Nic immer noch schlecht einschätzen, was entweder hieß, er war wirklich einfach ein netter Kerl, oder er war ein guter Lügner. Oder beides.

Louise drehte sich um, um wieder zurück ins Büro zu gehen, aus dem immer lauter werdende Stimmen drangen, als sie einen unbeschrifteten Briefumschlag auf dem Boden vor sich fand. Sie öffnete ihn. Er war leer. Samuel schien es kaum erwarten zu können zurückzukommen. Lou überlegte, ob sie jemandem sagen sollte, wo sie hinging. Sie entschied sich dagegen.

Draußen war es bereits dunkel geworden, der Mond erhellte London selbst durch die Wolken hindurch mit seinem klaren Licht. Während Samuels Viertel voller Menschen war wie immer, galt das Gegenteil für sein Anwesen. Keine Seele begegnete ihr auf dem Weg, die Treppen hinauf und durch die langen Korridore. Nicht einmal Dorea stand da, um sie zu empfangen.

Dennoch, Samuel war da.

Es war beinahe unwirklich ihn zu sehen, nach den Ereignissen der letzten Wochen. Er jedoch war bester Laune.

Lou trat vor, aber sie kniete sich nicht hin. Sie hatte nicht länger die Lust, sich vor irgendwem hinzuknien. Samuel stand auf. Er lächelte. Sein Haar war zurückgesteckt mit lauter Haarklammern und sein Umhang war bedruckt mit bunten Rosen.

„Wie schön, dass du gekommen bist.", grüßte er sie.

Louise antwortete nicht. Samuel kam näher und Lou meinte hinter seinem Lächeln noch etwas anderes zu erkennen. Triumph?

„Du bist nah dran weißt du? Nah dran, es zu verstehen."

Er streckte seinen Arm aus und seine alten klebrigen Hände umfassten Louises Kinn. Sie zuckte nicht zusammen, sie zwang sich ihm genau in die Augen zu sehen. Seine Kontaktlinsen waren schwarz.

„Eine Sache hast du noch nicht gelöst. Was ist mit den Leichen, mhn? Helena, Matthew... was... was ist da nur? Weißt du es?"

Darüber hatte Lou schon lange nicht mehr nachgedacht. So lange war es her und so unwichtig war es geworden.

„Ist es denn wichtig?"

„Wichtig?", schrie Samuel auf und brach dann in ein hohes Kichern aus, „Wichtig. Ist es wichtig, fragt sie... Glaubst du denn, ich habe mir die ganze Mühe umsonst gemacht? Sogar deinen Bruder habe ich angeheuert, weil ich dachte, so kommst du drauf. Ich dachte, so muss sie draufkommen."

Ihr Bruder? Was hatte Jake mit überhaupt irgendetwas zu tun? Sie fing an nachzudenken.

Helenas Mord musste mit dem Medaillon zusammenhängen, oder etwa nicht? Immerhin hatte entweder sie, oder der Mörder die Nachricht an die Wand geschrieben. Und Matthew? Den Mord hatte sie nicht weiter untersucht, abgetan, als etwas was sie nichts anging. Hatte sie mit Beidem falsch gelegen?

„Ich werde es dir nicht sagen, du musst es selber erkennen. Ich habe dir all die nötigen Hinweise gegeben, aber hast du hingesehen? Hast du zugehört?"

Was hatte sie verpasst? Hatte Grace etwas gewusst? Hatte Matthew etwas gewusst, etwas, das Lou nicht wusste?

„Du findest es besser schnell heraus, bevor noch mehr Leute sterben... wie sehr hängst du an diesem Kleinen? Nic?"

Nic? Nic, Matthew und Grace. Welches Geheimnis konnten sie nur teilen? Wo war die Verbindung? War es John?

Nic war Johnathans Bruder und Grace, oder Helena, hatte Johnathan auch gekannt.

Hatte es etwas mit ihm zu tun? Matthew passte nicht ins Bild.

Louise fiel etwas ein. Octavia, die Sprechstundenhilfe. War sie ihr nicht bekannt vorgekommen? Octavia... woher kannte Lou sie nur? Octavia.

Irgendetwas klingelte bei ihr. Das Bild von einem Mädchen mit langem blonden Haar und einer großen Hornbrille tauchte in Louise auf. Ein Mädchen, welches in der Nachbarschaft gewohnt hatte, in der Lou aufgewachsen war. Ein Mädchen, mit einem komischen Namen. Octavia.

Die Verbindung war zu dünn. Louise gab auf. Wenn Samuel es ihr nicht verraten würde, konnte sie es niemals...

Ich will nur meine Familie beschützen und du bist nun mal ein Teil davon.

Der Vertrag. Der verdammte Vertrag. Wie zum Teufel war ihr das nicht aufgefallen?

In Lou zerbrach etwas, wie eine riesige Glasscheibe, die sie von der Wahrheit getrennt hatte. Sie zersplitterte und hinterließ einen Geist gefüllt mit Scherben. Nein.

Was... was hatte das allerdings mit den Morden zu tun?

Sie musste sich irren. Samuel musste etwas anderes gemeint haben. Es ergab keinen Sinn.

Sie sah zu Samuel. Er realisierte, dass sie etwas begriffen hatte und sie sah in seinem Gesichtsausdruck, dass er sehr wohl dieses Geheimnis gemeint hatte und kein anderes. Aber warum? Warum die Toten?

Helena hatte John gekannt. Von früher. Sie waren verliebt gewesen. Octavia hatte John aber nicht gekannt und Matthew auch nicht. Hatten sie trotzdem was damit zu tun? Hatten sie es gewusst?

Louise selbst hätte es fast verstanden, fast, als sie den Blutvertrag gefunden hatte.

Wie konnte John ihre Seele in einem Blutvertrag verkaufen, ohne ihr Blut zu verwenden?

Er brauchte ihr Blut nicht. Er hatte sein Blut. Johnathan hatte den Vertrag ohne Probleme schließen können, sie waren vom selben Blut.

Bei dem Gedanken musste sie fast lachen. Lächerlich, so lächerlich hörte es sich an.

Konnte Johnathan wirklich ihr Vater sein?

„Ah, siehst du mein Engel. Ich wusste, du würdest es herausfinden. Du bist schlau, schlauer als er.", quiekte Samuel vergnügt.

Wie schön, dass er sich freute. Louises Freude hielt sich in Grenzen.

Ohne sich zu verabschieden oder auch nur eine weitere Sekunde innezuhalten, verließ sie Samuels Büro.

„Großes steht dir bevor mein Engel.", hörte sie Samuel noch rufen.

Mitten in der leeren Eingangshalle blieb sie stehen. Ihr erster Instinkt war es gewesen, zu John zu gehen und ihn zur Rede zu stellen. Auf der anderen

Seite war Johnathan die letzte Person, die sie sehen wollte.

Louise brauchte Zeit. Zeit nachzudenken.

Kurz vor Mitternacht klopfte sie, mit einem Herz voller wilder Gefühle, an Julians Tür an.

So unmöglich es auch erschien, sobald er sie anlächelte und mit einer Hand seine braunen Haaren durcheinanderbrachte, fühlte sie sich ein bisschen weniger schlecht.

„Ich dachte schon, du kommst nicht mehr."

Dieser Abend war trotz dem Schmerz und der Verwirrung einer der schönsten, den Louise im letzten Jahr und vielleicht in ihrem Leben gehabt hatte.

Erst später, als sie nebeneinander im Bett lagen und sie Julians leises Schnarchen hörte, überkam sie ein anderer Gedanke. Einer, der so kraftvoll und überwältigend kam, dass sie ihn nicht ignorieren konnte.

Louise stand auf, griff nach dem weichen Bademantel, der an der Tür hing und warf ihn sich um die Schultern.

Sie sah zurück, zu dem schlafendem Jungen mit den niedlichen Grübchen und für einen kurzen Moment lang, als sie da so stand, hätte sie es fast nicht getan. Aber sie musste. Nur einmal.

Lou lief ins Wohnzimmer, zum Fenster hinüber.

London bei Nacht war wunderschön. Sie lehnte ihren Kopf gegen die kühle Scheibe.

Aus dem halb geöffneten Fenster drang Luft und half ihr, klar zu denken.

Nachdenklich sah sie auf ihre Hände hinab, die sie vor sich ausstreckte und faltete, sodass sie eine Kugel bildeten.

Sie konzentrierte sich, die Augen geschlossen und unterdrückte einen Schrei, als ein stechender Schmerz sie durchfuhr, bevor sie schließlich einen schweren Gegenstand in ihren Händen wog.

Ihr Herz klopfte so laut, dass sie fürchtete, Julian könne es durch die Wand hören.

Sie hatte vorgehabt ihre Augen geschlossen zu halten, um es einfacher zu machen, aber sie konnte nicht widerstehen. Nur einen kurzen Blick darauf werfen.

Es würde nicht lange dauern, danach konnte sie wieder zurück zu Julian ins Bett gehen.

Aber zuerst musste sie es sehen.

Vorsichtig öffnete sie erst ihre Hände, dann ihre Augen.

Mit allem ihrem Wesen, mit jeder Zelle ihres Körpers, wusste Louise, dass sie noch niemals etwas Schöneres gesehen hatte.